長相思

卷一

孤月下，許君心

桐華 著

長相思

卷一 孤月下，許君心

目錄

引言

統一並不是鬥爭的結束，而是另一種鬥爭的開始。
神農、軒轅兩個部族經過痛苦的鬥爭，逐漸能和平相處，
可一切的矛盾猶如休眠的火山，隨時會爆發。

宇宙混沌，鴻蒙初開，盤古大帝劈開了天地。

那時候，神族、人族、妖族混居於天地之間。天與地的距離並非遙不可及，人居於陸地，神居於神山，人可以通過天梯見神。

盤古大帝有三位情如兄妹的下屬，神力最高的是一位女子，年代過於久遠，名字已不可考，只知道她後來建立了華胥國*1*，後世尊稱她為華胥氏。另外兩位是男子：神農氏，駐守中原，守四方安寧；高辛氏，駐守東方，守護日出之地湯谷*2*和萬水之眼歸墟*3*。

盤古大帝仙逝後，天下戰火頻起，華胥氏厭倦了無休無止的戰爭，避世遠走，創建了美麗祥和的華胥國，可她之所以被後世銘記，並不是因為華胥國，而是因為她的兒子伏羲、女兒女媧。

伏羲、女媧恩威並重，令天下英雄敬服，制止了兵戈之爭。傷痕累累的大荒迎來太平，漸漸恢復了生機。

伏羲、女媧被尊為伏羲大帝、女媧大帝。伏羲大帝仙逝後，女媧大帝悲痛不已，避居華胥國，從此再沒有人見過她，生死成謎，伏羲女媧一族日漸沒落。

大荒的西北，一個小神族——軒轅族，在他們年輕首領的帶領下正慢慢崛起。幾千年之後，軒轅族已經可以和古老的神農、高辛兩族抗衡。

中原的神農、東南的高辛、西北的軒轅，三大神族，三分天下。

神農炎帝遍嘗百草，以身試藥，為世人解除疾苦，受萬民愛戴，被天下人尊為醫祖。因為神農炎帝，大荒形成了三足鼎立的局面。

神農炎帝的逝世打破了三足鼎立的局面，軒轅黃帝雄才偉略，經過和神農族的激烈鬥爭，統一了中原。

統一並不是鬥爭的結束，而是另一種鬥爭的開始。

神農、軒轅兩個部族經過痛苦的鬥爭，逐漸能和平相處，可一切的矛盾猶如休眠的火山，隨時會爆發。

1華胥國，《列子．黃帝》：「晝寢而夢，遊於華胥氏之國。華胥氏之國在弇州之西，台州之北，不知斯齊國幾千萬里；蓋非舟車足力之所及。」

2神話中的日出之地，「日出於谷而天下明，故稱暘谷」暘谷也稱湯谷，日落之地是虞淵。

3歸墟，《列子．湯問》：「渤海之東，不知幾億萬里，有大壑焉，實為無底之谷，其下無底，名曰歸墟。八紘九野之水，天漢之流，莫不注之，而無增無減焉。」

第一章

人生忽如寄

這是第一次，他們真正看清楚他的模樣。
墨黑的長眉，清亮的眼眸，筆挺的鼻子，薄薄的嘴唇，
簡單的粗麻衣衫，卻是華貴的姿態，清雅的風度。

那一日，和以往的上千個日子一模一樣。

幾聲雞鳴後，清水鎮上漸漸的有了人語聲。回春堂的老木趕早去殺羊的屠戶高那裡買羊肉。兩個小夥計在前面忙碌，準備天大亮後就開門做生意。醫師玟小六一手端著碗羊肉湯，一手拿著塊餅，蹲在後院的門檻上，唏哩花啦地吃著。

隔著青石臺階，是兩畝半種著藥草的坡地，沿著門中的青石路下去，是一條不寬的河。此時朝陽初升，河面上水氣朦朧，金光點點，河岸兩側野花爛漫，水鳥起起落落，很是詩情畫意。

小六一邊看，一邊琢磨，這天鵝倒是挺肥的，捉上兩隻烤著吃應該很不錯。

一碗熱湯下肚，他把髒碗放進門檻邊的木桶裡，桶裡已經有一疊髒碗，小六提著木桶出了院門，去河邊洗碗。

河邊的灌木叢裡臥著個黑乎乎的影子，看不清是什麼鳥，玟小六放下木桶，隨手撿了塊石頭扔

過去，石頭砸到黑影上，那黑影子卻未撲騰著飛起，玟小六愣了，老子啥時候百發百中了？他走過去幾步，探頭看，卻不是隻鳥，而是個人。

玟小六立即縮回了腦袋，走回岸邊，開始洗碗，就好似一兩丈外沒有一個疑似屍體的東西。玟小六邊洗碗邊抱怨，「這頓洗乾淨了，下頓仍舊要髒，既然遲早要髒，何必還每頓都要洗呢？只要自己吃自己的碗，又不髒，一兩天洗一次就行。」玟小六從不疊被子，他認為早上疊了，晚上就要打開，自個和自個折騰，有毛病啊？他的被子自然是從不疊的，可這吃飯的碗卻不能不洗，要不然老木會拿著大勺打他。

小六唸唸叨叨地把所有碗沖了一遍，提著一桶也許洗乾淨了的碗往回走，眼角掃都沒掃灌木叢。清水鎮上的人見過的死人比外面的人吃過的飯都多，就連小孩子都麻木了。

回春堂雖不是大醫館，但玟小六善於調理婦人不孕症，十個來求醫的，他能調理好六七個，所以醫館的生意不算差。

忙碌了半日，晌午時分，玟小六左搖搖、右晃晃，活動著久坐的身子，進了後院。

在院子裡整理草藥的麻子指指門外，「那裡來了個叫花子，我扔了半塊餅給他。」

小六點點頭，什麼都沒說。廚房一日只動早晚兩次火，中午沒有熱湯，小六拿了塊餅，從水缸裡舀了一瓢涼水，蹲在門檻上，邊吃邊看著院外。

幾丈外的地上趴著個人，衣衫襤褸，髒髮披面，滿身汙泥，除了能看出是個人外，別的什麼都看不出。小六瞇著眼，能看到一條已經被太陽晒乾的泥土痕跡，那痕跡從叫花子身旁一直蔓延到河邊的灌木叢。

小六挑挑眉頭，喝了口冷水，嚥下了乾硬的餅子。

眼角餘光中瞥到地上的黑影動了動，小六看向叫花子。麻子的準頭還不錯，半塊餅子就掉在叫花子的身邊，可他好似連伸手的力氣都已經沒有，顯然一直沒有去拿。小六邊吃餅子，邊看著他，半晌後，吃完餅子，他用袖子抹了下嘴，拍拍手，把水瓢扔回水缸中，哼著小曲出診去了。

傍晚時分，小六回來，大家熱熱鬧鬧地開飯。

小六吃完飯，用手背抹了抹嘴，把手在衣服上蹭了蹭，本想回屋，可鬼使神差，腳步一拐，居然背著手出了院門。

「六哥兒，你去幹什麼？」麻子問。

「消食散步。」

小六去河邊轉了一圈，哼著小曲踱著小步回來時，停在叫花子身邊，那塊餅正好在他腳下。

小六蹲下，「我踩壞了你的餅，你想要什麼賠償？」

叫花子一聲未發，小六抬頭看著天，上弦月冷冷地掛在天邊，如同老天一抹譏諷世人的嘲笑。

小六伸手抱起叫花子，是個男人，骨架子不小，可骨瘦如柴，輕飄飄的，一點不見沉。

小六抱著他踢開門，進了院子，「老木，去燒熱水，麻子、串子來幫我。」

正坐在院子裡嬉笑吹牛的三人看了也沒詫異，立即該做什麼就做什麼了。

小六把叫花子放在榻上，麻子端著溫水進來，把屋子裡的油燈點燃，小六吩咐，「給他洗洗身子，餵點熱湯，如果有傷，你們看著辦吧。」

剛走出門，聽到痲子的驚叫聲，小六立即回頭，卻看痲子臉色發白，好似見鬼，痲子的聲音發顫，「六哥兒，你……你來看看吧，這人只怕活不了。」

小六走過去，俯身查看，男子整張臉青紫，腫如豬頭，完全看不清五官，大大的頭，配上沒有一兩肉的蘆柴棒身軀，怪異得可怕。

小六扯開襤褸的衣衫，或者該叫碎布條，男子的身上全是交錯的傷痕，有鞭痕、刺傷、燙傷，胸膛上還有一大片發黑的焦皮，顯然是烙鐵印，因為身上沒肉，根根肋骨分明，那焦糊的皮鬆垮垮地浮在肋骨上。

小六拿起他的胳膊，手上的指甲已經全部被拔掉，泡了水，個個腫起，血肉模糊。小六輕輕放下他的胳膊，檢查他的腿，右腿的小腿骨被敲斷了，十個腳趾的指甲也被拔掉，腳底板有幾個血洞，顯然被長釘子釘過。

痲子和串子雖然見慣傷者，可仍覺得寒氣直冒，不禁後退了兩步，移開視線，看都不敢看。

玟小六卻很淡然，從容地吩咐，「準備藥水。」

痲子回過神來，立即跑去端了藥草熬的水，想清洗傷口，但實在沒有勇氣面對那些傷。小六好似也知道無法指望他們，一聲不吭地親自動手，用乾淨的軟布蘸了藥水，仔細地為男子擦拭著身體。也許是因傷口劇痛，男子從昏迷中醒來，因為眼皮上有傷，他的眼睛睜不開，只是緊閉雙唇。

小六溫和地說：「我叫玟小六，你可以叫我小六，是個小醫師，我在幫你清理傷口。要覺得疼，就叫出來。」

可小六把他的上半身擦拭完，他一點聲音都沒有，只是額頭鬢角全是汗珠。也許因為他這份沉默的隱忍，小六帶著一分敬意，心真正軟了，用帕子幫他把額頭鬢角的汗輕輕印掉。

小六開始脫他的褲子，男子的身體輕顫了下，是痛入骨髓的憎惡，卻被他硬是控制住了，小六想讓他放鬆一些，開玩笑地說：「你是個男人，還怕人家脫你褲子？」

待脫下褲子，小六沉默了。

大腿外側到臀腰也是各式各樣的傷痕，但和大腿內側的酷刑比起來，已不值一提。男子大腿內側的皮被割得七零八落，從膝蓋一直到大腿根，因為傷口有新有舊，顏色有深有淺，看著就像塊綴滿補丁的破布，十分刺目。那施以酷刑的人很瞭解人體的極限，知道人的雙腿間是最柔軟敏感的地方，每次割上一片皮，都讓他痛不欲生，卻不會讓他死。

小六吩咐：「烈酒、火燭、剪刀、刮骨刀、夾板、布帶、藥膏……」

串子來回奔跑著，麻子在旁邊協助，眼睛卻儘量迴避開男子的身體。

小六看到串子拿來的各種藥膏，蹙眉，「去我屋裡拿，藏在衣箱子最底下的那幾罐藥。」

串子眼中閃過不捨，遲疑了一下才轉身去拿。

小六的手勢越發輕柔，凝神清理著傷口，可再小心，那畢竟是各式各樣的傷口，有些腐肉必須刮掉，有些死皮必須剪掉，小腿的腿骨也必須接正。因為劇痛，小六感覺得到男子的身體在顫抖，可他依舊只是閉著眼睛，緊緊地咬著唇，沉默地隱忍。

他赤裸著殘軀、滿身都是屈辱的傷痕，可他的姿態卻依舊高貴，清冷不可冒犯。

小六完全能想像出他在承受酷刑的時候只怕也是這樣，被羞辱的人居然比施加羞辱的人更有尊嚴，那施以酷刑的人肯定充滿了挫敗感，也許正因為如此，才更加心狠手辣。

兩三個時辰後，小六才清理完所有傷口，也是一額頭的汗，疲憊地說：「外傷藥。」

麻子打開一個琉璃罐子，有清香飄出，小六用手指挖出金黃的膏脂，從男子的臉開始，一點點地塗抹著，冰涼的藥膏緩解了痛苦，男子的唇略微鬆了鬆，這才能看出他唇上的血跡，小六蘸了點藥膏要抹在他嘴上，男子猛地閉嘴，含住了小六的手指，那唇舌間的一點濡濕軟膩是小六今夜唯一從他身上感受到的柔軟。

小六愣神間，男子已經張開了嘴，小六收回手，輕輕地抬起他的胳膊，一點點抹著藥。又花了半個時辰，才給男子全身上完藥，包紮好傷口。

玟小六用乾淨的被子蓋著他，低聲說：「我這幾日要隨時查看你的傷口，先不給你穿衣服了，你放心，我們這滿院子沒一個女人，就算無意走了光，也沒有人要你負責娶她。」

麻子和串子都笑。

玟小六開始說藥方，「茯苓六錢、旱蓮草四錢……」麻子凝神記住，跑去抓藥。

玟小六看了看天色，估摸著還能再睡一個時辰，低頭看到男子髒汙的頭髮，皺了皺眉頭，叫串子，「帕子、熱水、水盆、木桶。」

小六坐在榻頭，腳下放了個空盆，他把男子的頭抱起，放在膝頭，開始為男子洗頭。

串子不好意思地說：「六哥，明天還要出門去看病人，你去睡吧，這活我能做。」

小六嘲笑，「就你那粗重的手腳，我怕你把我好不容易清理好的傷口又弄壞了，浪費我一夜辛苦，你換水就行。」

小六的手勢格外輕緩，把皂莢在手裡搓出泡沫，一點點揉男子的頭髮，揉透後，用水瓢舀了溫水，順著髮根，小心地沖洗，待把汙泥血漬全部洗掉，他拿了剪刀細細看，把不好的頭髮剪掉。洗完頭髮，他的手指在頭髮裡翻來摸去，低著頭查看，感受到男子的身體緊繃，小六解釋：「我是看看你頭上有沒有受傷。」不幸中的大幸，那些施以酷刑的人，為了讓男子完完全全感受到所有酷刑的痛苦，沒有對他的頭部下毒手。

小六不敢用力，換了好幾塊帕子，才擦乾男子的頭髮，怕梳子會扯得他傷口疼，小六又開五個指頭，當作大梳，把頭髮略微理順，讓串子拿了乾淨枕頭，把他的頭放回榻上。

天色已亮，小六走出屋子，用冷水洗了把臉，一邊吃早飯，一邊對在窗下煎藥的麻子吩咐，「這幾日店裡的事情不用你管，你照顧好他，先別給他吃餅子，燉些爛爛的肉糜湯，加些綠菜，餵給他。哦，記得把湯水放涼了再給他。」

小六吃了飯，背起藥筐，出診去了。

麻子隔著窗口對榻上的人說：「叫花子，六哥花了一夜救你，可是把自個救命的藥都給你用上了，你要爭氣活下來。」

下午，小六回來時，又睏又累，上下眼皮都要黏在一起了。

他把一隻野鴨子扔到地上，去灶上舀了碗熱湯，把餅子撕碎泡進去，坐在灶台後，呼嚕呼嚕地吃起來。

老木一邊揉麵，一邊說：「我聽麻子說了那人的傷。」

玟小六喝了口湯，「嗯。」

「麻子、串子看不出來，可你應該能看出他是神族，而且絕不是你我這樣的低等神族。」

玟小六喝著湯不吭聲。

「殺人不過頭點地，那樣的傷背後總有因由，救了不該救的人就是給自己找死。」

小六邊嚼，邊說：「你把那鴨子收拾了，稍微放點鹽，別的什麼調料都別放，小火煨爛。」

老木看他一眼，見他一臉無所謂的樣子，暗嘆了口氣，「知道了。」

小六吃完飯，去問麻子：「他今日吃飯了嗎？」

麻子壓低聲音說：「恐怕他喉嚨也有重傷，藥餵不進去，肉湯根本吃不了。」

小六走進屋子，看案上有一碗涼的藥，他扶起叫花子，「我回來了，聽出我的聲音了嗎？我是小六，我們吃藥。」

男子睜開眼睛看他，比昨天強一點，眼睛能睜開一點。

小六餵他藥，他用力吞嚥，可卻如幼兒，幾乎全從嘴角落下了，男子閉上了眼睛。

小六柔聲問：「他們對你的喉嚨也動了刑？」

男子微不可見地點了下頭。

小六說：「告訴你個秘密，我現在睡覺還流口水，有一次夢到吃燒雞，半個枕頭都弄濕了，而且這毛病沒法治，你這只是暫時，有我這絕世神醫在，保證過幾天就好。」

小六爬到榻裡，把男子半摟在懷裡，舀了小半勺湯藥，手腕端著，像是滴一般，慢慢地滴入男子的嘴裡。男子配合著他用力吞嚥，藥汁竟然一滴不剩地喝下了。

一個一點一點地餵，一個一點一點地嚥，一碗藥花了大半個時辰，小六居然讓男子全喝了。男子像是跑了幾十里路，滿頭都是汗，疲憊不堪。

小六拿了帕子給他擦汗，「你先休息一會，等鴨子湯好了，我們再吃點鴨湯。」

小六端著空碗出來時，麻子、串子、老木站成一排，都如看鬼怪一樣看著他，小六瞪眼問：「看什麼？」

串子說：「比照顧奶娃子還精細，不知道的人會以為你是他娘。」

「我操你娘！你才是他娘！」小六飛起一腳，踹在串子屁股上。

串子捂著屁股，一溜煙地跑了，麻子和老木神情恢復了正常，老木說：「還是小六，不是別人冒充。」

麻子拍拍胸口，表示終於放心。

小六打著哈欠，對麻子說：「去把門關了，今天不看病人，我先睡一會，鴨湯好了叫我。」

麻子本想說我來餵也成，但想想剛才的餵藥場面，琢磨了一下，覺得那實在比繡花還精細，他可真做不來。

等鴨湯燉好，麻子去敲小六的門，小六伸著懶腰出來，進了男子的房裡。和剛才餵藥一樣，花費了大半個時辰，讓男子喝了半碗鴨糜湯。

讓男子休息半個時辰，小六雙手抹了藥膏，準備替男子揉捏穴位，「你、那個被……時間有些長，有的肌肉已經萎縮了，很疼，但這樣刺激刺激，有助於恢復。」

男子閉著眼睛，微微點了下頭。

小六訕笑，那樣的酷刑都能承受，這些疼痛的確不算什麼，可還是一邊揉捏，一邊說話，盡力分散著他的心神，「今天我出診時經過一戶人家，白牆黑瓦，牆頭攀著一株比胳膊還粗的紫藤，紫藍紫藍開了滿牆，風一吹，那紫藤花像雨一樣落，我看著看著就出神了，琢磨這家人怎麼那麼沒心眼，你說紫藤花蒸餅子多好吃啊，他們怎麼由著花兒落呢……」

屋子外，麻子對串子嘀咕，「我看六哥不會讓我照顧叫花子了。」叫花子的身體殘破脆弱，猙獰醜陋得觸目驚心，他也實在不願再接觸。

如麻子所猜，小六不再讓麻子照顧叫花子，從餵藥餵飯到擦身子擦藥，小六都親力親為。

一個月後，叫花子喉嚨裡的傷好了，開始能自己吞嚥，但一切已成習慣，每天餵藥餵飯時，麻子依然習慣於端著碗，站在院子中，衝著前堂大叫：「六哥——」

小六總是儘快地打發了病人，匆匆地跑回後院。

大半年後，男子身上的傷漸漸康復，手上腳上的指甲還沒完全長好，但見水已經沒問題，所以小六不再幫他擦洗身體，而是準備了浴桶，讓他像正常人一樣洗個澡。

被小六精心照顧了大半年，男子雖然不像剛開始瘦得皮包骨頭，可依舊非常輕，小六抱起他時，叨唸：「多吃點啊，都硌著我骨頭了。」

男子閉著眼睛不說話。一直以來，他都是如此，每次小六接觸他身體時，他總是閉著眼睛，緊抿著唇。小六明白，經歷了那些身體上的折磨後，他本能的對肢體接觸有排斥，每一次，他都在努力克制。

小六把麻布放在他手邊，輕言慢語地說：「你自己洗吧，指頭還沒長好，別太用勁。」

小六坐在一旁，一邊吃零食，一邊陪著他。

也許因為身上猙獰的傷疤，每一道都是屈辱，男子一直半仰著頭，漠然地閉著眼睛，沒有去看自己的身體，只是拿著麻布搓洗身子，從脖子到胸口，又從胸口慢慢地下滑到了腹部，漸漸地探入雙腿間。

小六的視線一直隨著他的手動來動去，可看著看著突然扭過了頭，用力地啃著鴨脖子，發出喀嚓喀嚓的聲音。

男子睜開了眼睛，看向小六，陽光從窗戶透進，映照著小六，他臉頰發紅，在陽光下晶瑩剔透，好似帶著淡淡血暈的美玉。

小六等男子洗完，抱了他出來，因為他的腿還沒好，往常都是小六幫他穿衣袍，可小六今日卻把他往榻上一放，立即就鬆了手。

男子低垂著眼，一隻手按在榻上，支撐著身體，一隻手拉著腰上的浴袍，手指枯瘦，顯得非常長，新長出不久的指甲透著粉嫩嫩的白。

小六低著頭，把衣衫放到他手旁，「那、那個……你自己試著穿，若不行再叫我。」小六匆匆走了出去，站在門外聽了一會，窸窸窣窣，好似一切正常，他才離開。

串子在整理藥草，看到小六，問道：「這大半年一直沒聽到他說話，該不會是傻子吧？」

痲子狠甩了串子一大掌，「不許胡說！」經過那麼殘酷的折磨，能活著已經讓人非常敬佩，那樣的堅韌，絕不可能是個傻子。

痲子低聲問：「他的嗓子是不是有傷，已經無法說話了？」

小六說：「我檢查過他的喉嚨，有一定的損傷，說話的聲音會變，但應該能說話。」

痲子慶幸道：「那就好。」

小六說：「關於他的傷，不管你們看見沒看見，以後都不許再提。」

串子舉起手，「我壓根不敢正眼看他，是真什麼都沒看見。」

痲子說：「放心吧，老木已經叮囑過了，我記性不好，別說別人的事，就是自個的事情都記得糊裡糊塗。」

門緩緩拉開，男子扶著牆，蹣跚學步般、搖搖晃晃地走了出來。以前都是太陽快落山時，小六把他抱出來，讓他透透氣、晒晒太陽，這是他第一次在白天走進院子。他靠牆壁站著，仰著頭，沉默地望著遼闊的藍天白雲。

痲子和串子都呆呆地看著男子，因為他身上恐怖的傷給他們留下了很不愉快的經驗，讓他們總會下意識地迴避去看他，串子甚至從不進他的屋。這是第一次，他們真正看清楚他的模樣。墨黑的長眉，清亮的眼眸，筆挺的鼻子，薄薄的嘴唇，簡單的粗麻衣衫，卻是華貴的姿態，清雅的風度，讓麻子和串子一瞬間自慚形穢，不由自主就產生了敬畏。

小六揉著甘草說：「如果腿腳疼得不厲害，儘量多動動，再過兩三個月應該可以離開了。」

男子低頭，凝視著小六，「我、無處、可去。」大概幾年沒有說過話了，暗啞的聲音吐詞很是艱澀。

小六蹺著二郎腿，嚼著甘草問：「無處可去，真的假的？」

男子點了下頭。

小六問：「你叫什麼名字？」

男子搖了搖頭。

「不知道？忘記了？不想告訴我？」

「你、救我。我、是、你的僕人。賜名。」

小六呸的一口吐出了甘草渣，「我看你可不像個居人之下、聽人命令的人，我不想要你。」

男子低垂著眼眸，「我、聽、你。」

小六把一小截甘草丟進嘴裡，含含糊糊地說：「以後見了認識你的人，你也聽我的？」

男子抿著唇，纖弱的指緊緊地抓在窗臺上，泛出青白，半晌不說話。小六正要笑，男子抬眸凝視著他，「聽！」清澈黑亮的眼眸好似兩團火焰，要把那個聽字烙印到小六心底。

小六怔了下，說道：「那你留下吧。」

男子唇角抿了抿，好似要笑，卻又完全看不出來。小六把一截甘草扔給他，「去一邊坐著，嚼著吃了。」

男子乖乖地坐在一邊的石階上，慢慢地撕開甘草，掰了一小截放進嘴裡。同樣是吃甘草，可他的動作偏偏很文雅清貴，讓人覺得他吃的不是甘草，而是神山上的靈果。

「哎，那個叫花子……這是甘草，對嗓子好。」麻子抓抓頭，對小六說：「六哥，給起個名字吧，總不能還叫他叫花子。」

小六說：「就叫甘草得了。」

「不行！」麻子和串子全部反對，「起個好點的，別像我們的名字。」

小六一人給了一巴掌，「我們的名字哪裡不好了？」

「配我們成，配……他不行。」串子誠懇地說，麻子點頭附和。

小六眨巴著眼睛，看看坐在石階上的叫花子，頭湊到串子、麻子的腦袋前，指著自己的鼻子，不能相信地小聲問：「我不如他？」

串子小心地問：「六哥想聽真話還是假話？」

麻子安慰道：「六哥，這有的人生來就是天上雲，有的人卻如地上泥，沒有可比性，咱們守著本分做我們的地上泥就行了。」

小六怒了，「我要叫他地上泥。」

麻子和串子異口同聲地說：「不行！」

麻子為了叫花子將來不會因為名字怨恨他，哀求道：「六哥，好歹重新想一個吧。」

串子也說：「是啊，是啊，重新想一個，想個和六哥的名字一樣好聽的。」

小六這才高興起來，隨手從晒藥草的竹席子上揀了一株藥草，扔給麻子，「數數，有幾片葉子就叫他什麼。」

「一、二、三……十七片。」

小六轉頭，大聲說：「叫花子，從今天開始你就叫葉十七。」

葉十七點了下頭，麻子和串子琢磨了下，覺得還不錯，也都笑呵呵地和十七打招呼。

老木在前堂叫：「小六，有病人。」

小六衝麻子和串子的屁股各踢了一腳，哼著小曲，跑出去看病人。

一眨眼又是半年多過去，十七的傷，能好的算是全好了，不能好的卻也是真的沒辦法好了，他小腿骨被敲斷的地方，雖然接了回去，可畢竟醫治得晚，走路時，無可避免的有些一瘸一拐，至於其他暗處的傷究竟好得如何，連小六也不是很清楚。因為自從十七手腳能動，他就不再讓小六幫他換藥。

麻子偷偷摸摸地把自己的積蓄塞給十七，「我們這回春堂……嘿嘿……你也能看出來六哥兒的醫術其實不怎麼……炎帝神農氏的醫術你聽說過吧？你去鎮子東頭，那裡有家醫館，叫百草堂，裡面的巫醫是神農炎帝的再傳再傳再傳弟子，醫術十分高明，也許能治好你的腿。」

十七沉默地把錢還給麻子。

麻子著急，「別啊！錢你慢慢還，腿可是大事，大不了你以後加倍還我。」

十七低垂著眼睛說：「這樣、很好。」

「這樣哪裡好了？你想一輩子做瘸子啊？」

「他、不嫌棄。」

「啊？誰不嫌棄？」麻子抓抓頭，「哦！你說六哥兒不嫌棄你就行？他不嫌棄你有什麼用啊？你看六哥兒那懶樣子，頭頓吃了飯的碗能接著吃第二頓，衣服和抹布一樣……」

十七看向麻子身後，麻子還想再接再厲地勸十七，突然一巴掌拍到他腦袋上，嚇得麻子立即閉嘴。小六的腦袋湊了過來，從麻子手裡奪過錢袋，「咦，錢不少啊！今天晚上可以喝酒了！」

小六見錢眼開，也顧不上問麻子鬼鬼祟祟在幹什麼，抓著錢袋就衝了出去，麻子哭嚎著追，「別啊，六哥，那是我存來娶媳婦的錢……要幹正經事情……」

晚上大家大魚大肉大酒了一頓，小六和串子是不吃白不吃，吃得樂不可支，麻子是多吃一口少虧一點，吃得痛不欲生，老木邊喝酒邊瞅十七。

吃完飯時，小六、串子、麻子都醉倒了。今日輪到小六洗碗，可不知從什麼時候起，回春堂的規矩就變成了十七的活是十七的活，小六的活也是十七的活。十七收拾好碗筷，用大木盆盛了水，蹲在院子裡，洗刷起來。

老木站在他身後，問：「你是誰？」

晚風中，暗啞的聲音，「我是，葉十七。」

第二章

前路未可知

十七眼中的笑意未消散，身子卻軟軟地倒了下來，小六手忙腳亂地給他解毒，嘴裡罵：「你這個傻子！」心中卻有一點點說不清、道不明的漣漪。

清水鎮不大，卻是大荒內非常特殊的一個地方。

清水鎮外從北到南，群山連綿，地勢險惡，自成天然屏障，神農國滅後，不肯投降的神農國將軍共工率幾萬士兵占據了清水鎮以東的地方，與黃帝對抗。清水鎮西接軒轅，南鄰高辛，東靠共工義軍，既不屬於軒轅黃帝管轄，也不屬於高辛俊帝管轄，所以，清水鎮漸漸地變成了一個三方勢力夾雜，三方勢力卻都管不了的地方。

在清水鎮，沒有王權、沒有世家、沒有貴賤、更沒有神與妖的區別，只要有一技之長，不管你是神還是妖，不管你從前是官還是匪，都能大搖大擺地在這裡求生存，沒有人追問你的過去。

漸漸地，各式各樣的人都匯聚到此。

因為幾百年的戰爭，鮮血、屍體、生命孕育了很多鑄造師和醫師，清水鎮的兵器和外傷醫術在大荒內都小有名氣。有了鑄造師，有了醫師，自然有了來鍛造兵器、尋訪醫師的人；有了男人，自然有了娼妓；有了女人，自然有了成衣鋪子、脂粉店；有了男人和女人，自然有了酒樓茶肆……也不知道到底是雞生蛋，還是蛋生雞，反正現在的清水鎮人很多、很熱鬧，完全感受不到這裡是兩軍對峙的前沿。

回春堂是座落在清水鎮西的一間小小醫館，清水鎮是個強者生存的地方，因為競爭激烈，醫館尤其不好開，麻子和串子告訴葉十七也曾有人想踢館，但老木是軒轅逃兵，雖然是最低等的神族，可好歹有幾分靈力，對付一般人足夠了。小六醫術一般，那些大醫館不屑搶回春堂的生意，所以回春堂的生意不好不壞，勉強地維持著五個人的生計。

兩年多過去，十七看上去依舊瘦弱，但他的力量出乎意料得大，挑水、劈柴、種藥、磨藥都能幹，尤其是記憶力十分好。麻子和串子跟著小六已經十來年，可很多藥草依舊記不住，十七卻不一樣，不管什麼藥草，只要小六講解一遍，他就能牢牢記住。漸漸地，小六不管去哪裡，都帶著他，力氣大、記性好、沉默寡言、吩咐什麼做什麼，簡直是殺人放火做壞事的首選夥伴。

晚上，吃過飯，五個人聚在一起，在麻子和串子的強烈要求下，小六仔細數了一遍他們所有的錢，嘆氣，「清水鎮裡男人多女人少，找個女人偶爾睡幾次，花點錢就能在娼妓館買到，但娶個媳婦天天睡卻很難。短期來看，去找娼妓睡覺比較划算，可從長期來看，卻是娶個媳婦回來睡更省錢。」

麻子和串子都呆滯地看著小六，老木的一張老臉皺得和朵菊花一樣，十七則低垂著眼，唇角微微上翹。

小六問麻子和串子，「你們是願意現在起偶爾去睡呢，還是再忍幾年，等存夠錢天天睡？」

麻子嚴肅地說：「六哥兒，媳婦不是用來天天睡覺的。」

「你花了大錢娶了媳婦回來，卻不願意和她睡？」小六簡直要拍案而起。

「當然不是，我是說不僅僅是為了睡覺，還是為了一起吃飯，能說話，有個伴。」

小六不屑，「我和你一起吃飯，和你說話，一直陪伴你，你為什麼還想要媳婦？」

「因為媳婦能陪我睡覺，你不能。」

「那娶媳婦不就是為了睡覺？」

麻子無力地趴下，「好吧，就算是為了睡覺吧。」他抓住串子的手，規勸道：「你別聽六哥兒的胡言亂語，耐心存錢，自個的媳婦比娼妓好很多，不光是為了睡覺。」

老木邊笑邊拍麻子的肩，「別發愁，我和六哥兒會給你們存夠錢的。」

麻子和串子回屋睡覺，十七也被打發回了屋子。

老木和小六商量，「串子還能等等，麻子的婚事卻不能拖了，你也知道麻子和屠戶高的姑娘看對了眼，我們如果再不下聘，麻子瞅好的媳婦就要飛了，我琢磨著進一趟山，挖些好藥草，如果僥倖能挖一兩株靈草……」

小六擺了下手，「山裡是神農兵的地盤，你個軒轅的逃兵進山不是找死嗎？況且你對那些花草也不瞭解，我去吧。」

老木琢磨著說：「共工軍紀嚴明，從不濫殺無辜，普通平民碰上了神農兵也不怕，可是那個軍師相柳，卻不好相與，傳聞他是隻九頭妖，天生九條命，綽號九命，手段十分狠辣。」

小六笑，「我又不是去刺探軍情，只是去挖些靈草，他再狠辣，也要遵守軍紀。何況，我根本不可能碰到軍師相柳這種大人物。」

老木想著的確是這個理，他打了半輩子的仗，別說九命相柳，比九命再低好幾級的軍官也沒見過，他放下心來，叮囑小六一切小心，能去的地方就去，不許進入的地方千萬不要進。如果挖不到靈草，回來後再想辦法。

小六怕麻子和串子阻攔，沒告訴他們，準備好後，天還沒亮就出發了。

哼著小曲，啃著雞爪子，小六走著走著，突然覺得不對，回頭一看，十七無聲無息地跟在他身後。小六揮揮手，「你怎麼跟著出來了？我要去山裡挖草藥，你趕緊回去吧。」說完接著往前走，未料十七並未離開，而是依舊跟著他。

小六叉著腰，提高了聲音，「喂，我讓你回去，你沒聽到啊？」

十七安靜地站住，低垂著眼，用沉默表達了堅持。

也許因為一開始的緣起就是憐惜，小六很容易對他心軟，問道：「你是神農的逃兵嗎？」

十七搖了下頭。

「你是軒轅的士兵嗎？」

十七搖了下頭。

「你是高辛的細作嗎？」

十七搖了下頭。

小六笑道：「那你可以進山，跟著吧。」

十七把小六背上的筐子拿過去背著，手裡提著小六裝零食的小竹簍子。

小六啃完一個雞爪子，十七沉默地把小竹簍子遞過來，小六又拿了個鴨脖子，啃完鴨脖子，剛準備把手往衣服上蹭，一塊乾淨的手帕已經遞到了眼前，小六嘿嘿一笑，擦乾淨手。十七把一個葫蘆遞給他，小六喝了口梅子酒，打了個飽嗝，覺得這小日子真他娘的過得愜意啊！

兩人快步走了一天，傍晚時已經進了山。

小六找個接近水源的避風地休息，用藥粉灑了個圈，對十七說：「山裡怪獸多，晚上不要出這個圈。我去打水，你去撿點乾柴，趕在天黑前回來。」

小六打完水，採了一些野蘑菇和野蔥，回去時，看十七還沒回來，正想去找他，十七背著一堆柴，手裡拎著一隻山雉回來了，小六樂得眉開眼笑，「你生火，我給你做好吃的。」

小六把山雉收拾乾淨，把野蘑菇和野蔥填到山雉肚子裡，抹好鹽，灑了點梅子酒，用大葉子把整隻山雉包好，封在黃泥裡，埋到篝火下。

小六又動作俐落地架了個簡易的石頭灶，用帶來的陶皿熬野蘑菇山雉內臟湯。

十七沉默地看著他忙碌，小六邊用木勺攪拌著湯，邊笑著說：「我在山裡混了好幾年，能吃的、不能吃的都吃過，在山裡跟著我，保你吃得好！」

算著時間到了，小六把燒得堅硬的泥塊撥拉出來，用力一摔，泥土裂開，一陣撲鼻的香氣。小六把山雉分了三份，一份包了起來，放到背筐裡，略大的一份給十七，「必須吃完，你太瘦了。」

小六啃著自己的那份，邊吃邊看十七，十七依舊是那樣，一舉一動都優雅清貴，好似坐在最好的食案前，品嘗著最精美的宴席。

小六悵然地嘆了口氣，「十七，你遲早會離開。」

十七抬眸看他，「不、會。」

小六笑笑，喝完蘑菇湯，衝到溪水邊去洗手漱口。

清晨，小六醒來時，十七已經生了火，燒好熱水，小六把昨夜剩下的山雉剁成塊，放進熱水裡煮成湯，從背筐裡拿了塊大餅，和十七一人一半，就著熱湯吃完，滅了篝火，繼續爬山。

小六帶著十七，一路走一路尋找草藥，一般的草藥都不採摘，只有那些不常見的，他才會小心摘下，放進背筐。連著走了三天，他們已經進入深山。

小六蹲在地上，盯著一小坨動物糞便，眉頭微微蹙著，好似有什麼難以決定的事情。十七背著他們所有的家當，沉默地看著他。

小六想了一會，站起說：「你在這裡等我，我要獨自去找個東西。」

十七沒有點頭。

小六走，他也走。

小六瞪他，「你說過會聽我的話，你如果不聽話，我就不要你了。」

十七默默地凝視著他，從樹梢漏下的一縷陽光，清晰地照出他鬢角的傷痕，他眼裡充滿著淡淡的憂傷。

小六心軟了，走近了兩步，想拉十七的胳膊，又惦記起他還有些排斥身體的觸碰，只拽住了衣袖，「十七最乖了，又聽話又能幹，我不會不要你。不讓你去，不是因為有危險，而是那鬼東西太機靈了，一點氣味就會驚走牠，遠遁千里。只能用牠的糞便擦在身體上，才能接近牠。糞便不夠，只能我一個去。你在這裡等我，我若捉不住立即回來。」

小六歪著頭，笑咪咪地看著十七，十七終於點了下頭。

小六抓起地上的糞便，特意走遠了幾步，小心地塗抹在裸露的肌膚上，邊塗邊對十七說：「是不是有點噁心？在你出生長大的環境中從來沒見過吧！其實沒有那麼髒了，不少好藥材都是動物的糞便，望月砂是野兔的糞便，白丁香是麻雀的糞便，五靈脂是飛鼠的糞便……」小六一抬頭，十七就站在他身旁，小六愣了一愣，忘記了下面想說什麼。

十七把小六的袖子理好，低聲說：「小心！」

小六大剌剌地笑道：「我一個人在山裡待了很多年，餓了時，連千年蛇妖下的蛋都被我偷了來吃，凶禽猛獸對我而言，實在不算什麼危險，說老實話，再凶猛的怪獸也沒有人可怕……」小六束了束腰帶，瀟灑地揮揮手，「我走了。」

「我、等你。」樹下的十七站得筆直。

這世上誰都不可能等誰一輩子，小六不在乎地笑笑，一躥一跳，人就消失在了樹叢中。

小六想捉的東西叫朏朏4，看似像狸貓，有一條白色的長毛尾巴，把牠養在身邊，能讓人忘記憂傷，很受人族的貴族歡迎，是能賣大價錢的異獸。小東西沒什麼攻擊力，可十分機敏靈活，又生性狡黠膽小，只要察覺一點危險，就會奔逃遠離，很難捕捉。不過，小六自然有對付牠的方法。朏朏喜聽少女的歌聲，若有憂傷的少女歌唱，朏朏就會被歌聲吸引，甚至忍不住接近她，想讓少女忘記憂傷。

小六選了個合適的地方，布置好陷阱。

他跳進泉水裡，洗去身上的糞便，爬到石頭上，抱膝坐下。石塊被太陽晒得暖融融，小六一邊晒著太陽梳理頭髮，一邊清聲歌唱：

君若水上風
妾似風中蓮
相見相思

4朏朏：《山海經．中山經》「有獸焉，其狀如貍而白尾有鬣，名曰朏朏，養之可以已憂。」

相見相思
君若天上雲
妾似雲中月
相戀相惜
相戀相惜
君若山中樹
妾似樹上藤
相伴相依
相伴相依
君若天上鳥
妾似水中魚
相忘相憶
相忘相憶
……

歌聲悅耳，憂傷縈繞，朏朏被歌聲吸引而來，剛開始還很膽小，謹慎地藏在暗處，待感受不到危險時，牠無法抗拒令人忘憂的天性，忍不住露出身子，吱吱鳴叫。

小六一邊挽髮髻，一邊凝視著牠。牠瞪著圓溜溜的大眼睛，憨態可掬，煞是可愛，一邊鳴叫，一邊甩動著白色大尾巴，時不時還翻個跟斗，踢踢小腿，用小爪子拍拍自己的胸膛，做出各種逗趣的樣子，逗他歡笑。

小六嘆了口氣，揮手解除了陷阱，「小傻子，你走吧，我不捉你去換錢了。」

朏朏疑惑地看著小六，突然，急銳的風呼嘯而下，一隻白羽金冠鵰抓向朏朏，朏朏無處可躲，竟然用力一跳，躍進了小六懷裡。

白羽金冠鵰倨傲地站著，盯著小六，那樣子活脫脫是在告訴他，大爺要吃牠！不想死，就滾一邊去！

小六能感覺到這白羽金冠鵰雖然還沒修煉成人形，但肯定已經能懂人語，他嘆了口氣，作揖行禮，「鵰大爺，不是小的想冒犯您，您應該知道朏朏很不好抓，如果不是我先把牠誘了出來，鵰大爺只怕想吃也吃不了。」

白羽金冠鵰搧了一下翅膀，一塊大石頭被牠拍得粉碎，殺氣撲面而來。

小六不敢後退，奔逃往往會引發野獸的致命攻擊，這隻鵰雖然會思考，但野性肯定未改。

朏朏的爪子緊緊地抓著小六的衣衫，用力團縮著身子，減少自己的存在感。小六一手抱著牠，一手輕輕地往外彈藥粉，雙眸看著白羽金冠鵰，很是真誠謙卑無害，「鵰大爺相貌英武、身姿不凡、翅力驚人，一看就是鵰中王者，天空霸主，小的實在佩服……但對不起，今日我不能讓你吃牠。」

白羽金冠鵰想滅了面前的臭小子，可牠只覺得頭暈爪軟，感覺很像那次偷喝了烈酒，可牠明明沒喝酒……左搖右晃，鵰兒軟倒在地上。

小六正想逃，有聲音從樹上傳來，「毛球，我和你說過很多遍，人心狡詐，這次長記性了吧？」

一名白衣白髮的男子優雅地坐在橫探出的樹幹上，幸災樂禍地看著白羽金冠鵰。

小六心裡嘆氣，真正的麻煩來了！他把朏朏用力扔向樹叢，以朏朏的靈敏，牠應該能逃掉。可沒想到朏朏打了個滾，頭朝男子，四足貼地趴著，身子不停地抖，卻連逃的勇氣都沒有。

你不逃，老子要逃了！小六朝白衣男子扔出一包藥粉，拔腿就跑，白衣男子擋在他前面，小六又是一包藥，白衣男子蹙眉，彈彈衣服，陰沉地說：「你再亂扔這些破玩意，髒了我的衣服，我就剁掉你的手。」

小六立即停手，對方修為高深，毒藥、迷藥都沒用，他也明顯打不過人家，已經無計可施了，只有──下跪求饒。

小六撲通一聲跪下，一把鼻涕一把眼淚，「大爺，小的是清水鎮上的小醫師，進山來就是想弄點靈草，賣點錢，兩個兄弟等著娶媳婦……」

男子撫摸著白羽金冠鵰，「解藥。」

小六忙跪著爬過去，雙手奉上解藥。

男子把解藥餵給鵰，這才低頭看小六，「我這坐騎吃的毒蛇沒有幾十萬條，也有十幾萬條，連軒轅宮廷醫師做的藥都奈何不了牠，真是沒想到清水鎮的小醫師都這麼厲害了。」

小六身上直冒寒氣，對天發誓，「瞎貓逮著死耗子。小的真沒騙人，真是小醫師，專治婦人不孕不育，清水鎮西河邊的回春堂，大人可有妻妾不孕不育……」

一小隊士兵跑了過來，向男子恭敬地行禮，「大人。」

男子一腳把小六踹到他們面前，「捆了！」

「是！」兩個士兵立即用手指般粗細的妖牛筋把小六捆了個扎扎實實。

小六反倒鬆了口氣，這是神農義軍，共工將軍雖然被黃帝叫做亂賊，可他軍紀嚴明，上百年來，從沒擾民。小六知道自己所說一切全是真實，他們查明了自然會放人，反倒這人很危險……小六偷瞄白衣男子，男子關切地看著鵰。

小六知道解藥是真的，白羽金冠鵰很快就能恢復行動，可那隻傻朏朏依舊瑟瑟發抖地趴在地上，小六陪著笑，「求大人放了那朏朏吧。」

男子好似沒有聽到，只是輕撫著鵰兒的背。金鵰抖抖羽毛，站了起來，飛撲到朏朏身上，利爪撕裂了朏朏，「吱——」慘叫聲剛起，就急促地消失。

小六垂下了眼眸，帶著血跡的白毛隨著風，落在了他的鞋上。

男子等鵰兒吃完，帶著人回紮營地。

小六緊閉著雙眸，堅決不看，只能根據聽到的人語聲，估摸著是個不大的營地，應該是臨時紮營地。小六被扔到了地上，男子的聲音冰涼涼地滑進耳朵裡，「好細作的耳朵常比眼睛更厲害。」

小六睜開了眼睛，從他的角度看出去，只能看到男子的腰部，「我在清水鎮上已經待了二十多年，查過便知道真假。」

男子不理他，換了外袍，坐在案前處理公文，此時，小六才能看清他的模樣。白髮如雲，未束髮髻，一條碧玉抹額將一頭白髮一絲不亂地攏在腦後，自然披垂，五官俊美到妖異，整個人也乾淨整潔到妖異。此時，他手捧公文，眉梢眼角含著輕蔑，帶出陰戾氣。

察覺到小六打量他的目光，他含笑看向小六，小六打了個寒噤，立即閉眼。這樣的目光他小時曾在一個大荒聞名的惡魔眼中見過，那是要踩著無數屍體人頭才能磨練出的。小六猜到了他的身分，那個傳說中俊美無儔的殺人魔頭九頭妖——有九條命的相柳。

小六手腳被捆，一動不能動，時間長了全身痠痛，熬到晚上，有士兵端了食物進來，相柳慢條斯理地用飯。

小六又渴又餓，看相柳的模樣，顯然不會給他吃飯，小六只能儘量轉移注意力，他琢磨著，十七現在肯定去找他了，但不可能找到這裡，應該會返回鎮上。

相柳吃完喝完，洗漱後慵懶地躺在榻上，散漫地翻閱著一冊帛書。

有士兵在外奏報，近身侍衛進來把一枚玉簡奉給相柳，又快速地退了出去。

相柳看後，盯著小六，默默沉思。

小六猜到剛才的玉簡肯定是關於自己的消息，努力讓自己笑得誠實憨厚一些，「大人，小人所說一切全部屬實，家中還有親人盼著小人歸去。」

相柳冷冷說：「我只相信自己的判斷，你究竟是誰？」

小六簡直要翻白眼，「我是玟小六，回春堂的醫師。」

相柳盯著他，手指輕扣著榻沿，小六忍不住顫抖，那是生物感受到死亡的本能懼怕，小六清楚地明白，相柳沒耐心探尋他的可疑，相柳只想用最簡單也最有效的方式解決問題，那隻朏朏就是他的下場。

殺氣撲來的剎那，小六打了個滾，一邊躲避，一邊急速地說：「大人，我真的是玟小六，也許我的確不僅僅是玟小六，但我從沒對共工將軍的義軍懷有惡意，我不屬於軒轅，不屬於高辛，也不屬於神農，我只是個……」

小六沉默了，他也想問自己，我究竟是誰？他努力地抬起頭，讓自己的所有表情都在相柳的視線中，「我只是個被遺棄的人，我無力自保、無人相依、無處可去，所以我選擇了在清水鎮做玟小六。如果大人允許，我希望自己一輩子都能是玟小六。」

相柳漠然地看著他，小六不敢動，額頭的冷汗一顆顆滾下，眼中有了濛濛水氣，幾十年沒有撕開的殼被強逼著撕開了。

半晌後，相柳淡淡說道：「想活，就為我所用吧！」

小六不吭聲。

相柳熄了燈火，「給你一晚考慮。」

小六睜著眼睛，發呆。

清晨，相柳一邊穿衣服，一邊問：「想好了嗎？」

小六慵慵地說：「還在想，我好渴，要先喝點水。」

相柳冷冷一笑，出了屋子，「把他帶出來。」

兩個士兵拖著小六出來。

相柳淡淡說：「鞭笞、二十！」

軍隊的鞭笞之刑能把最奸猾的妖兵打到畏懼，可想而知那個疼痛度，而九命相柳手下的行刑官臂力驚人，曾一百二十鞭就把一個千年的妖兵打死。

粗如牛尾的鞭子，劈里啪啦地打下來，小六扯著嗓子狂叫，「想好了，想好了……」

二十鞭打完，相柳看著小六，問：「想好了嗎？」

小六喘著氣說：「想好了，小人願意，只有三個條件。」

「鞭笞、二十！」

鞭子又是劈啪著甩了下來，小六嘶叫，「兩個條件、兩個條件，一個條件……」

二十鞭打完，小六的整個背上全是血，全身都痛得痙攣。

相柳淡漠地看著小六，問：「還有條件嗎？」

小六滿面都是汗，嘴裡全是血，說不出完整的話，「你……打死我，我也、也……一個條件。」

相柳一邊的唇角上挑，冷冷的微笑，「說！」

「我、我……不離開清水鎮。」小六很明白，相柳看中了他的用毒本事，只要不離開清水鎮，相柳就不能差使他去毒害軒轅的將領們，也不可能去要脅高辛的貴人們。

相柳顯然也明白小六的用意，面無表情地盯著小六。

一直表現得很膽小怕死的小六這一次卻沒有退縮，回視著相柳，表明你若不答應這個條件，就打死我吧！

半晌後，相柳說道：「好！」

小六鬆了口氣，人立即軟倒。

小六被兩個士兵抬進屋子，軍中醫師熟練地撕開衣服，給他背上敷藥，相柳站在營帳口冷眼看著，小六趴在木板上，溫順地任由醫師擺布。

待上好藥，所有人退了出去，相柳對小六說：「幫我配置我想要的藥物，平時可以留在清水鎮做你的小醫師，但我傳召時，必須聽命。」

「好，但不是大人想要什麼，我就能配出什麼。」

「配不出，就拿你的身體來換。」

「呃？」小六沒想到相柳還好男風，小心地說：「大人天姿國色，小的倒不是不願意服侍大人，只是……」

相柳的唇角上翹，似笑非笑，伸出腳尖，對著小六背上最重的傷口處，緩慢卻用力地踩下，鮮血汩汩湧出，小六痛得身體抽搐。

「一次配不出，就用你身體的一部分來換。第一次，沒用的耳朵吧，兩次後，就鼻子吧，鼻子削掉了，只是醜點……」相柳腳下用力碾了碾，「放心，我不會剁你的手，它們要配藥。」

小六痛得上下牙齒打顫，「小的、小的……明白了。」

相柳收回了腳，在小六的衣服上仔細地擦去沾染的血漬，淡淡說：「你是條泥鰍，滑不留手，一不小心還會惹上一手汙泥，但我是什麼性子，你應該仔細打聽清楚。」

小六譏嘲，「不用打聽都明白了。」

兵器撞擊的聲音傳來，「大人，有人私闖軍營。」

相柳快步出去，吵鬧聲剎那消失，小六聽到有軍士問：「你是誰？私入神農軍營，所為何事？」

粗啞的聲音，「葉十七，小六。」

是十七！他竟然尋來了？小六跌跌撞撞地爬了出去，急叫道：「相柳大人，別傷他，他是我的僕人，來找我的。」

十七向小六奔來，靈力出乎意料，竟然把阻擋他的士兵都打開了，可這是訓練有素的精兵，打倒了兩個，能再上四個，小六大叫，「十七，不要動手，聽話！」

十七停住，士兵們團團地圍著，惱怒地盯著他。十七卻不看他們，只盯著相柳，「我、要帶小六走。」

小六一臉諂媚，哀求地叫：「大人！小的已經是你的人了！」這話說得……讓在場的士兵都打了個寒顫。

相柳蹙眉，終是抬了下手，士兵讓開，十七飛縱到小六身前，半抱半扶著他，手掌輕輕地撫摸過他的背，也許是心理作用，小六竟然真的覺得疼痛少了幾分。

十七蹲下，「回家。」

小六趴在他背上，對相柳諂笑著說：「大人，我回去了。」

相柳盯著十七打量，小六一著急，居然孩子氣地用手捂住了十七的臉，「你別打他的鬼主意，他是我的。」

相柳愣了一愣，唇角上翹，又立即緊抿住了，他微微咳嗽了一聲，「經過查實，你是清水鎮的平民，對我神農義軍無惡意，現放你回去。」

小六也只能裝模作樣地說：「草民謝謝大人，草民回去後，一定廣為宣傳大人的仁愛之心。」

士兵散開，十七背著小六，快步走著。

聽不到背後的聲音了，小六才有氣無力地說：「十七，我渴。」

十七輕輕放下他，把裝水的葫蘆給他，小六喝了幾大口，長呼了口氣，「我們快點走吧，那個相柳心思詭異，萬一反悔就慘了。」

十七蹲下，小六想起他對身體觸碰的排斥厭惡，可如今也不可能有其他辦法，小六小心地趴到他背上，「對不起，我知道你不願意背人。你就想像我是塊石頭，可石頭不會發出聲音……那你想像我是頭豬，一頭會說人話的豬，對了，你討厭豬嗎？要不然你想像我是一隻……」

十七的聲音低低傳來，「我就想像是你，我願意……背你。」

小六愣了一下，喃喃說：「那也成，你就想像我是一隻我。」說完才反應過來自己說了什麼，呵呵地乾笑，笑到一半戛然而止，哼哼唧唧，「十七，我背上疼得很，你陪我說說話。」

「嗯。」

「十七，你怎麼找來的？」
「有跡、可查。」
「哦，你很善於追蹤，是以前學的？」小六想起他肯定不想回憶過去，「對不起，你不想回答就別回答了。」
「十七，那個相柳很陰險，以後見著他小心一點，如果讓他發現你有可以利用的地方，他肯定會打你的主意。」
「嗯。」
「嗚嗚嗚，這次虧大了，沒賺到錢，卻把自己賠進去了，我怎麼就被相柳這個死魔頭盯上了呢？往後的日子怎麼過啊……」
十七停住腳步，扭頭想看小六，唇碰到小六額頭，溫熱的氣息拂在小六臉上，十七立即僵硬地移開，「別……怕。」
也許因為剛被相柳折磨過，也許因為堅硬的殼子被撕開的縫還沒合上，小六很貪戀這份手邊的依靠，閉著眼睛靠在十七的肩膀，臉頰輕貼著他的脖子，小貓般地蹭了蹭，「我才不怕他，我就不信天底下沒有能毒倒他的毒藥，等我配出毒藥的那天，我就……」小六用手做了個惡狠狠揉碎一切的樣子。
「十七，回去後，什麼都別說啊，不要讓老木他們知道，老木和神農打了半輩子仗，挺害怕魔頭相柳的。其實我白叮囑了吧？麻子和串子一直想套你的話，可我看這一年多，他們連自己身上有幾顆痣都交代乾淨了，對你卻一無所知……」

十七的腳步一下慢了，小六安撫地拍拍他的胸口，「我知道，你是十七，我希望你能一輩子是十七，但我知道不可能，不過你一日沒離開，一日就是十七，要聽我的話……」

「嗯。」

「必須要只聽我的！」

「嗯。」

小六樂得像偷著油的老鼠，覺得背上的疼痛淡了，趴在十七背上，漸漸地睡著了。

因為背上的傷，小六不想立即回去，指點著十七找了個山洞，休息靜養。

十七盡可能給小六鋪了一個舒適的草榻，山洞暫時當作家，兩人好似過起了山中獵戶的生活。

每天，十七會出去打些小獵物回來，等十七回來，小六動嘴，他動手，一起做飯。十七顯然從沒做過這樣的活，笨手笨腳，不停地出錯，小六哈哈大笑。但十七太聰明了，沒有幾次他已經做得有模有樣，讓小六失去了很多樂趣。

山中歲月很寂寞，不能動的人更寂寞，小六抓著十七陪他說話，天南地北、山上海裡什麼都講，一道好吃的菜，某個山谷中曾看過的一次日落……十七安靜地聆聽。

小六偶爾也良心不安，「我是不是話太多了？我一個人生活過二十多年，那時候我得了一種怪病，不敢見人，一直四處流浪，剛開始是不想說話，可日子長了，有一天我在山裡，發現忘記果子的名字了，突然很害怕，其實我都不知道自己怕什麼。但從那之後，我開始逼自己講話，我最厲害的一次是捉了隻猴子，對著牠說了一天的話，那隻猴子受不了，居然用頭去撞岩石想自盡……」

小六哈哈大笑，十七凝視著他。

每隔一天，要上一次藥，小六大大方方地脫衣服，把赤裸的背對著十七。

小六看不到十七的表情，調笑道：「我已經看完你的全身上下，你只能看到我的背，虧不虧啊？」

十七不吭聲，小六嘿嘿地笑。

小六的傷不輕，十七本以為兩人要在山裡耽擱一兩個月，可沒想到不到十天，小六就能拄著拐杖行走了。

又養了兩天，小六決定回家。

小六收拾藥草時，竟然發現有兩株植楮草5，「這是你採的？」

十七點頭，「打獵時看到，你提過。」這段日子，和小六朝夕相處，在小六的蹂躪下，他說話比以前順溜了很多。

小六狂喜，簡直想抱住十七猛親，「太好了，麻子和串子的媳婦有了。」

十七蹲下，想背小六。

小六退開了，「不用，我自己走。」之前是無可奈何，現在自己能走，哪裡再能把人家一句客氣的願意當真？

十七默不作聲地站起，跟在小六身後。

兩人回到清水鎮，老木揮舞著木勺質問：「為什麼走了那麼久？我有沒有告訴你不該去的地方不能去？」

小六笑嘻嘻地把採摘的藥草拿給他看，「當然沒去了！十七不熟悉山裡地形，不小心走進了迷障，所以耽擱了幾天，我這不是安全地回來了嗎？」

看到植楮，老木大喜過望，急忙把草藥拿了過去，小心翼翼地收好。

小六衝十七眨眨眼睛，哼著小曲，回了自己的屋子。

一個月後，在老木的張羅下，麻子和屠戶高家的閨女春桃定下了親事。

一切，都恢復了正常。每日的生活，依舊和前一日一樣，平靜到乏味，乏味到無趣，無趣到平安，平安到幸福。除了，偶爾會有一隻白羽小鵰飛來找小六，帶來一些東西，帶走一些東西。

小六為相柳做藥總是留一分退路，比如毒藥是很毒，絕對滿足他的刁鑽要求，可或者有特別顏色，或者有特殊氣味，總而言之，都是不可能拿去毒殺那些被環繞保護的大人物們。小六本以為時間長了，相柳會找他麻煩，可相柳竟然對「色、香、味」沒有任何要求，只要毒性達到他的要求，他全部接收。

小六憑藉他那七零八落的醫術和毒術推測相柳因為體質特殊，所以功法特殊，是以毒修煉，小

5植楮草：《山海經．中山經》「有草焉，其狀如葵葉而赤華，莢實，實如棕莢，名曰植楮，可以已癙，食之不眯。」

六製作的每一份毒藥應該都是進了他的肚子。

想透了這點，小六暫時鬆了口氣，開始變著法子把毒藥往難吃裡做。

一年後，老木為麻子和春桃舉行了簡單熱鬧的婚禮。

麻子是戰爭的產物——孤兒，他乞討時，堅信他的命運是某個冬日，陽光照在路邊，他的屍體被野狗啃吃著，野狗邊吃邊歡快地嚎叫，這和大部分孤兒是一樣的命運。但是，小六和老木改變了他的命運。

小六、老木都不是人族。麻子七八歲時，被小六撿了回來，十幾年過去，麻子長成了八尺大漢，如今小六看著比麻子還面嫩，但麻子覺得小六和老木就是他的長輩。當著所有賓客，他領著春桃跪下，結結實實地給小六和老木磕了三個頭。

老木激動地偷偷擦眼淚，小六也難得的一臉嚴肅，對麻子囑咐：「和春桃多多睡覺，早生孩子。」

麻子本來還想再說幾句掏心窩的話，可一聽小六掏心窩的話，他不敢說了，如果讓春桃知道娶她就是為了能天天睡覺，比娼妓省錢，這媳婦肯定要跑。他拉著春桃，趕緊逃了。小六嘿嘿地賊笑，十七好笑地看著小六。

老木迎來送往，小六沒什麼事，坐在院子一角，專心致志地啃雞腿。串子突然衝了過來，結結巴巴地說：「有、有貴客。」拖著他往外走。

相柳一襲白衣，站在回春堂門口，長身玉立、纖塵不染，就好像一朵白蓮花，還是被雨水洗刷了三天三夜的，乾淨得讓所有人都想回家去洗澡。老木甚至不好意思接他的賀禮，雙手使勁地在衣服上擦著，生怕一點汗就髒了人家。

小六嘿嘿笑著走了過去，隨手把啃完的雞腿扔到地上，兩隻油膩膩的手從相柳手中接過賀禮，還不怕死地在他手上蹭蹭，相柳笑意不變，只是視線掃向小六身後的串子，小六立即收斂了。

小六把賀禮遞給串子，對相柳躬著腰，諂媚地說：「請屋裡坐。」

相柳坐下，不知是敬還是怕，他周身三丈內無人敢接近。

十七默默地坐在小六身旁，小六看了他一眼，唇角不禁上彎，成了一彎月牙，眼睛也變成了兩枚小月牙。

小六問相柳，「你要的藥，我都給你配好了，應該沒有差錯吧？」

相柳微笑，「你做得很好，所以我來送份賀禮。」

小六無語，你來是提醒我現在不僅是三個人質了，還多了一個。

院子裡，一群年輕人在戲弄麻子和春桃，不時爆發出大笑聲，小孩們吃著果子，跑出跑進，老木和屠戶高幾個老頭邊吃菜邊說笑。

相柳看著俗世的熱鬧，不屑又不解地問：「等他們都死時，你只怕依舊是現在的樣子，有意思嗎？」

小六說：「我怕寂寞，尋不到長久的相依，短暫的相伴也是好的。」
相柳看小六，小六殷勤地給他倒酒，「既然來了，就喝杯喜酒吧，我自個釀的。」
相柳喝了一杯後，淡淡說：「除了酒中下的毒之外，無一可取之處。」
小六關切地問：「你中毒了嗎？」
相柳輕蔑地看著小六，小六頹然。
相柳問：「你很想毒死我嗎？」
小六誠實地說：「我又不是軒轅的士兵，你我之間現在還沒有生死之仇，我只是想抽你百八十鞭子。」
「你這輩子就別做夢了。」相柳又喝了一杯酒，飄然而去。
小六氣悶地對十七說：「我遲早能找到他的死穴，毒不倒他，我就倒著走。」
十七眼中有微微的笑意，小六看到他這萬物超脫的淡然樣子，恨不能雙手狠狠揉捏他一番，忍不住倒了一杯毒酒給他，「喝了！」
十七接過，一仰脖子，喝下。
小六愣了，「有毒的。」
十七眼中的笑意未消散，身子卻軟軟地倒了下來，小六手忙腳亂地給他解毒，嘴裡罵：「你這個傻子！」心中卻有一點點說不清、道不明的漣漪。

麻子的婚宴之後，九命相柳偶爾會來回春堂的小院坐坐，喝幾杯小六斟給他的酒，吃幾片小六做的點心。走時，他總是面不改色心不跳。

相柳這種絲毫不把小六放在眼裡的態度激怒了小六。小六入醫術此行時，一開始就是歪路，目的是為了要人命，而不是救人命，相柳把他的毒藥當糖豆子吃，讓他反思後，決定沉下心思好好鑽研如何害人，繼續在歪路上前進，目的就是遲早毒倒你！

第三章

客從遠方來

這世間的人都是孤零零來、孤零零去，誰都不能指望誰，
今日若有多大的希冀，明日就會有多大的傷害，
與其這樣，不如從未有過。

屠戶高就春桃一個孩子，麻子沒有爹娘，兩人成婚後，麻子成了屠戶高的半個兒子，常常去幫屠戶高做些活。漸漸地，人在屠戶高家住的日子越來越多，回春堂的活就很少幹了。串子嘲笑說屠戶高好算計，既拿了嫁女兒的錢又搶了個兒子。小六和老木卻都不介意，對小六而言，一個十七頂十個麻子，對老木而言，只要麻子過得平安幸福，他就高興。

這一日，當麻子被屠戶高和春桃攙扶進來時，老木有點不敢相信，小六皺了皺眉，如果是串子被人打了，小六不奇怪，串子有時候會犯賤，那就是個欠抽打的貨，可麻子不同，麻子雖然長得膀大腰圓，可很講道理，凡事總讓人三分。

「怎麼回事？」老木問。

春桃口齒伶俐，邊抹眼淚邊說：「早上殺了羊後，我給人送羊血，不小心衝撞了個小姐，我和小姐賠禮道歉了，說東西壞了我們賠，可那小姐的婢女罵我壓根賠不起，我爹著急了，吵了幾句，

就打了起來，麻子哥為了保護我爹，被打傷了。」

清水鎮上沒有官府，唯一的規則就是強者生存。串子聽到這裡，扛起藥鋤，一溜煙地跑了。串子小時很瘦弱，麻子一直照顧他，兩人看著整天吵吵嚷嚷，實際感情比親兄弟還好。

小六叫：「老木。」老木立即追了出去。

麻子的傷不算重，小六清理了傷口，上好藥，老木和串子還沒回來。小六對春桃吩咐：「妳照顧麻子，我去看看。」

屠戶高提起屠刀想跟著一塊去，小六笑，「你的生意不能耽擱，去忙吧，有我和老木呢。」

十七一直跟在小六身後，小六趕到客棧時，老木正與一名黃衫女子打架，串子在地上躺著，看到小六，委屈地說：「六哥兒，我可沒鬧事，我還沒靠近她們，就被打得動不了。」

小六瞪了他一眼，看向老木。老木明顯不是黃衣女子的對手，女子像戲耍猴子一般戲弄著老木，一旁的石階上站著一個戴著面紗的少女，少女邊看邊笑，時不時點評幾句，「海棠，我要看他摔連環跟頭。」

海棠果然讓老木在地上摔了個連環跟頭，少女嬌笑，拍著手道：「蹦蹦跳，我要看他像蛤蟆一樣蹦蹦跳！」

老木無法控制自己的雙腿，就好似身體四周有人壓著他，逼得他模仿著蛤蟆的樣子蹦蹦跳。

少女笑得直不起身，看熱鬧的人也都高聲哄笑。

小六擠到前面，先對少女作揖，又對海棠說：「他認輸，請姑娘停手。」

海棠看向少女，少女好像什麼都沒聽到，說道：「我要看驢打滾。」

老木在地上像驢子一般打滾，少女咕咕地嬌笑，看熱鬧的人卻不笑了。

小六鄭重地說：「清水鎮的規矩，無生死仇怨，認輸就住手。」

少女看向小六，「我的規矩卻是冒犯了我的人就要死！軒哥哥不許我傷人，我不傷人，我只看他耍雜耍。」

老木個鐵錚錚的老爺們，居然眼中有了淚光，對小六乞求：「殺了我！」他是軒轅的逃兵，可他逃避的只是戰爭，不是男人的尊嚴。

小六動了殺意，上前了幾步。

老木突然不再打滾，串子趕忙跑過來扶起他，少女不滿，「海棠，我讓妳住手了嗎？」

「不是奴婢。」海棠戒備地盯著人群中的十七，慢慢後退，擋在少女身前。

「不是妳，是誰？是哪個大膽賤民？」少女想推開海棠，看清楚。

海棠緊緊抓住少女，壓著聲音說：「對方靈力比我高，一切等軒公子回來再說。」海棠扯著少女匆匆退進了客棧。

小六對她們的背影，微笑著說：「我在回春堂等妳們。」

老木在西河街上也算是有些面子的人物，今日卻這樣當眾受辱，他臉色晦暗，一言不發地鑽進了屋子。

小六知道這事沒法安慰，只能囑咐串子盯著點，提防老木一時想不開自盡。

小六大馬金刀地坐在前堂，十七站在屋角的陰影中，小六把玩著酒杯，和平時一樣嘮叨：「老木、麻子、串子都覺得我是大好人，可實際上我很小時就殺了不少人……我很久沒有殺過人了，可今天我想殺了她們。」

「她們是神族。」十七突然出聲。

「那又怎麼樣？」小六眉眼間有飛揚的戾氣。

十七沉默。

小六斜睨著他，「你會幫我？」

十七點了下頭。

小六微笑，突然之間，覺得好像也不是那麼想殺人了。

小六喝了一小壺酒，他等的人來了。

少女取下了面紗，五官一般，一雙眼睛卻生得十分好，好似瀲灩秋水，顧盼間令五分的容貌頓時變成了八分。她身旁的男子卻十分出眾，眉眼溫潤，氣度儒雅，遠觀如水，近看若山，澹澹高士風姿。

男子對小六作揖行禮，「在下軒，這位是表妹阿念，婢女海棠中了公子的毒，所以特意前來，還請公子給我們解藥。」

小六拋玩著手上的藥瓶，笑咪咪地說：「好啊，只要給我兄長磕個頭賠罪。」

阿念不屑地瞪著小六，「讓我的婢女給你兄長磕頭賠罪，你們活得不耐煩了吧？」

小六冷冷地看著，海棠好似很痛苦，扶著牆壁，慢慢地坐到地上。

阿念嬌嗔，「軒哥哥，你看到了，他們先來找我麻煩，我壓根沒有傷到他們，只是小小戲弄了一下，他們卻不依不饒，一出手就想要我們的命。如果我身上不是帶著父……親給的避毒珠子，我肯定也中毒了。」

海棠痛得呻吟了一聲，軒盯著小六，「請給解藥！」

小六冷笑，「怎麼？你還想強搶？那就來吧！」

「見諒！」

軒出手奪藥，小六後退。小六知道十七在他身後，只需十七幫他擋一下，他就能看出軒的靈力屬性，藥倒他。可是，十七沒有出手。小六回頭，看見屋角空蕩蕩，十七並不在屋內。

小六被軒擊中，身子軟軟倒下。

軒沒想到看似很自信的小六竟然靈力十分低微，倉促間盡力收回了靈力，「抱歉，我沒想到你……」他抱起小六，查探他的傷勢，還好他本就沒打算傷他，小六只是一時氣息阻塞。

小六靠在軒的臂膀上，唇角慢慢地上翹，笑了起來，眼中盡是譏嘲，似乎要笑盡眾生。

軒愣住了。

阿念撿起地上的藥瓶，餵給海棠。海棠閉目運氣一瞬，說道：「是解藥。」

阿念譏嘲小六，「就你這沒用樣還敢和我們作對？」

小六推開了軒，掙扎著站起，「滾！」

阿念想動手，軒攔住她：「既然毒已經解了，我們回去。」他看了小六一眼，拽著阿念趕緊往外走去。

阿念回頭，用嘴型對小六無聲地罵：「賤民！」

小六走進後院，坐在石階上。

十七站在他身後。

小六微笑地看著天色慢慢暗沉，長長地嘆了口氣，他錯了，不該去指望別人。

十七蹲在小六身旁，把裝零食的小竹簍遞給小六。

小六問：「你認識他們？」

十七點了點頭。

「他們是神族中世家大族的公子小姐？」

十七猶疑了一瞬，緩慢的點了下頭。

「你是怕他們認出你，才躲避？還是覺得我不該招惹他們，所以你隱匿，讓他們能順利取走解藥？」

十七低下了頭。

小六抬手打翻了小竹簍，鴨脖子雞爪子灑了一地。

小六向門外走去，十七剛要站起，「不要跟著我！」小六的命令讓他只能站住。

小六走到河邊，看著河水嘩嘩流淌。不是生氣十七讓軒奪走了解藥，而是——當他想倚靠一個人時，回頭時，那人不在。他只是生自己的氣，竟然會讓自己產生這種可笑的欲望。

小六跳進水裡，逆流向上游去，河面越來越寬，河水越來越湍急，冰冷的河水沖刷著一切，不分晝夜，永遠川流不息，小六與水浪搏擊，感受著會沖走一切的力量。

笑聲從空中傳來，小六抬頭，看見相柳閒適地坐在白羽金冠鵰上，低頭看著小六，「深夜捉魚？」

相柳伸手，小六抓住了他的手，借力翻上鵰背，大鵰呼嘯而上，風雲翻滾，小六濕衣裹身，凍得直打哆嗦。

相柳把酒葫蘆扔給小六，小六忙喝幾大口，烈酒入肚，冷意去了一點。

相柳斜倚身子，打量著他，小六酒壯狗膽，沒好氣地說：「看什麼看？我又不是女人！」

「只有少數神族才能擁有自己的坐騎，即使靈力不低的神第一次在坐騎背上時，也會驚慌不安，而你……太放鬆自如了！」

「那又怎麼樣？」

「我只是越來越好奇你的過去。」

小六仰頭灌酒。

「你在和誰生氣？」

「要你管！」

「你又欠抽了！」

小六不吭聲了。

大白鵰飛到一個葫蘆形狀的湖上，皓月當空，深藍色的湖水銀光粼粼，四野無聲，靜謐得像是鎖住了時間。

小六把酒葫蘆扔給相柳，站了起來，他張開雙臂，迎風長嘯，滿頭青絲飛舞張揚，嘯聲盡處，他突然翻身掉下，若流星一般墜向湖面。

相柳探了下身子，白鵰隨他意動而飛動，也墜落。

小六如美麗的蝴蝶，落進了銀色的波光中，消失不見。粼粼銀光變成一圈又一圈的漣漪，就在光影變幻最絢爛美麗時，小六像游龍一般，衝出了水面，伸手抱住白鵰的脖子，「會游水嗎？咱們比比。」

相柳不屑地笑。

小六說：「有本事你不要用靈力。」

相柳舉起葫蘆喝酒。

小六繼續：「怎麼？不敢和我比？」

相柳抬頭賞月。

小六再接再勵：「怕輸啊？不是吧？魔頭九命居然膽子這麼小！」

相柳終於正眼看小六，「看在你求我的份上，我同意。」

「我求你？」

「不是嗎？」

小六頭挨在白鵰的脖子上，「好吧，我求你。」

相柳慢吞吞地脫了外衣，跳進水中。

小六朝著岸邊奮力游去，相柳隨在他身後。

湖水冰冷刺骨，小六用力地一劃又一劃，身子漸漸的熱了，可以忘記一切，就像是回到了小時候，那麼自由，那麼輕鬆，那麼快樂，唯一的目標就是游回岸邊，多麼簡單。

一個多時辰後，小六游到了岸邊，相柳已經坐在篝火邊，把衣服都烤乾了。

小六爬上岸，「你贏了，不過……」他從衣服裡抓出條魚，「我捉了條魚，烤了吧，正好餓了。」

小六真的開始烤魚，相柳說：「你小時應該生長在多水的地方。」

「會游水就能說明這個？」

「會游水不能說明，但游水讓你快樂放鬆，你們人不停地奔跑追尋一些很虛浮的東西，可實際真正讓你們放鬆快樂的東西，往往是童年時期的簡單擁有。」

小六吹了聲響亮的口哨，「都說你是九頭的妖怪，九顆腦袋一起思索果然威力非同凡響，連說的話都這麼有深度。」

「你不知道這是個禁忌話題嗎？」

小六不怕死地繼續：「我真的很好奇，你說九個頭怎麼長呢？是橫長一排，還是豎長一排？或者排列，左三個，右三個？你吃飯的時候，哪個頭先用？哪個頭後用……」

小六的嘴巴張不開了。

「嗚嗚……嗚嗚……」

相柳把烤好的魚拿了過去，慢條斯理地吃起來，小六只能看著。

相柳吃完魚，打量著小六，「其實我比較愛吃人，你這樣大小的正好夠我每個頭咬一口。」他的手撫上小六的臉，伏下身子，咬住了小六的脖子，小六的身體簌簌顫抖，猛地閉上眼睛，相柳的舌尖品嘗到了血，心內震驚過後有了幾分了然，他慢慢地吮吸幾口，抬起頭，「還敢胡說八道嗎？」

小六用力搖頭。

相柳放開他，小六立即連滾帶爬地遠離了相柳。

相柳倚著白鵰，朝他勾勾食指，小六不但沒走過來，反而倒退了幾步。相柳睨著他，含笑問：「你是想讓我過去嗎？」

小六急忙搖頭，乖乖地跑過來，爬上了鵰背。

快到清水鎮時，相柳一腳把小六踹下鵰背，小六毫無準備地墜入河裡，被摔得七葷八素，他仰躺在水面上，看著白鵰呼嘯遠去，隱入夜色盡頭，連咒罵的力氣都沒有了。

小六閉著眼睛，河水帶著他順流漂下。估摸著到回春堂時，他翻身朝岸邊游去，濕淋淋地上了岸，一抬頭看見十七站在前面。

小六朝他笑笑，「還沒睡啊？小心身體，早點休息。」從十七身邊走過，十七跟在他身後，小六當作不知道。

一直走到屋子，十七還是跟著他，小六進了門，頭未回地反手把門關上。

他趕緊脫下濕衣，隨便擦了下身子，光溜溜地躲進了被子。

本該冰冷的被子卻沒有一絲冷意，放了熏球，熏得被窩又暖和又香軟，串子和老木顯然不是這麼細緻溫柔的人。

小六只是笑笑，翻了個身，呼呼大睡，疲憊的身體連夢都沒做一個。

第二天，小六和什麼都沒有發生過一樣，該幹什麼就幹什麼。因為麻子在屠戶高家養傷，老木雖然看起來恢復了正常，卻只在院子裡忙，不肯去前堂見人，所以很多活都要小六做，幸虧十七能幫上不少忙，看病、磨藥、做藥丸……忙忙碌碌一天。

晚上吃過飯，串子看老木進了廚房，低聲問：「這事就這麼算了？」

小六啃著鴨脖子，「不這麼算了，你想怎麼樣？」

串子用腳踢著石磨，「我不甘！」

小六把雞脖子甩到串子臉上，打得串子捂著半邊臉，「我看這些年我太縱著你了，讓你都不知道天高地厚了！這世上，只要活著，就有再不公也要忍氣吞聲，就有再不甘也要退一步，我告訴你，就是那些王子王姬也是這麼活！」

串子想起了小時的苦日子，不得不承認六哥的話很對，他們只是普通人，低頭彎腰是必須的，可嘴裡依舊嘟囔著頂了句，「說的和真的一樣，你又不是王子王姬！」

「你個龜兒子，三天不打上房揭瓦！」小六跳了起來，提起掃帚就揮了過去，串子抱著頭，攛著屁股，衝進屋子，趕緊關了門。

小六用掃帚拍著門，怒氣沖沖地問：「我的話你聽進去了沒？」

老木站在廚房門口，說道：「小六，你的話我都聽進去了，放心吧，我沒事。」他關好廚房門，低著頭，佝僂著腰回了自個的屋子。

小六立即偃旗息鼓，把掃帚扔到牆角。

串子把窗戶拉開一條縫，擔憂地看向老木的屋子。小六拍拍他腦袋，低聲說：「那些人只是清水鎮的過客，等他們走了，時間會淡化一切，老木會和以前一樣。」

串子點點頭，關了窗戶。

十七把裝零食的小竹簍遞到小六面前，小六拿了個雞爪子，十七的眼睛亮了，小六向十七客氣地笑笑，「謝謝。」

十七的眼睛黯淡了。

小六一邊啃雞爪子，一邊進了屋子，隨便踢了一腳，門關上。

十七端著小竹簍，低垂頭，靜靜地站著。

六個月後，軒和阿念並沒有如小六預期的一樣，離開清水鎮，讓一切變成回憶。

串子一邊鋤地，一邊憤憤不平地說：「六哥兒，那臭娘們和小白臉在街頭開了個酒鋪，我叫幾個乞丐去破壞他們的生意吧？」

小六踹了他一腳，「你要能有本事壞掉人家生意，你就不是串子了！」

串子狠狠地把鋤頭砸進地裡，小六喝斥，「你給我仔細點，傷了我的草藥，我鋤你！」

串子悶聲說：「老木到現在連門都沒出過。他們留在鎮上，你讓老木怎麼辦？」

小六趴在木桶柄上，吃著花草琢磨，家裡可不僅僅是老木不出門，十七現在也是很少出門，偶爾出門時，也會戴上半遮住面容的篛笠。小六想不明白了，十七是迫不得已，不能回去，可那小白臉軒和臭娘們阿念看上去日子過得挺順，怎麼也賴在清水鎮呢？難道他們是相戀卻不能相守，私奔出來的？身家普通的小白臉勾引了世家大族的小姐，小姐帶著婢女逃出家，一對苦鴛鴦……

串子蹲到小六面前，「六哥兒，你想啥呢？」

小六說：「看看吧，清水鎮的生意不好做，他們堅持不住，自然就關門大吉了。」

串子一想，也是。那些做酒生意的人自然會想辦法排擠掉這個想分他們生意的外來戶，小白臉怎麼看都不像做生意的料，串子高興起來。

三個月後，串子和小六都失望了。

小白臉的酒鋪子不但在清水鎮站穩了腳跟，而且生意很是不錯。

串子憤憤不平地說：「那些娼妓都愛俊俏哥兒，很照顧小白臉的生意，總是打扮得花枝招展地去買酒，那小白臉也很不要臉，每次都和娼妓眉來眼去……」

小六看看依舊大門不出的老木，決定去街頭的酒鋪子逛逛。

小六往門外走，十七跟著他，小六說：「我要去小白臉的酒鋪子，只是看看，不打架。」十七停住腳步，小六微微一笑，踱著小步走了，可不一會，十七戴著篛笠追了上來。小六看了他一眼，什麼都沒說。

小六走進酒鋪子對面的食鋪，叫了兩碟糕點，施施然坐下，正大光明地窺探。十七坐在小六身後，安靜得猶如不存在。

沒看到阿念和海棠，想是以她們的身分，不樂意拋頭露面、迎來送往，應該在後院。鋪子裡就小白臉在忙碌，穿著平常的麻布衣裳，收錢賣酒，招呼客人，竟然和這條街沒有一點違和感。美貌的娼妓來買酒，他笑容溫和，眼神清明，和招呼平常婦人沒有一絲差別，那兩個娼妓也是矜持地淺淺笑語，很尊重他，更愛護自己。

小六狠狠咬了口糕點，娼妓樂意照顧他的生意，並不是因為他長得俊俏，而是因為他忽視了外在的一切。

等生意忙完，小白臉提著一小罈酒走過來，「在下初來乍到，靠著家傳的釀酒手藝討碗飯吃，以後還請六哥多多照顧。」小六在清水鎮二十多年了，又是個醫師，這條街上做生意的都叫他一聲六哥，小白臉倒懂得入境隨俗。

小六嘿嘿地笑，「好啊，等你生不出兒子時來找我，我保證讓她生。」我一定讓你媳婦給你生個蛋。

小白臉好脾氣地笑著作揖，把酒罈打開，恭敬地給小六倒了一碗，又給自己倒了一碗，先乾為敬，「以前有失禮之處，還請六哥大人大量。」

如果只是到此一遊，那麼自然是強龍厲害，反正打完了拍拍屁股走人，但如果要天長地久的過日子，強龍卻必須低頭，遵守地頭蛇定下的規矩，否則小六隔三不五時給他酒裡下點藥，屠戶賣肉時添點料，糕點裡說不定有口水……小六看小白臉很明白，索性也不裝糊塗，「我對你們大人大量了，你那媳婦不見得對我大人大量。」

小白臉說：「阿念是我表妹，還請六哥不要亂說。」

小六只微笑，並不動面前的酒，小白臉又給自己倒了一碗，乾脆地喝完。

小六依舊不理他，拿起塊糕點，慢慢地吃著。

小白臉連著喝了六碗酒，看小六依舊吃著糕點，他又要給自己倒，酒罈卻空了，他立即回去又拎了一大罈，小六這才正眼看他，「讓你表妹給老木道歉。」

小白臉說：「我表妹的性子寧折不彎，我擺酒給老木賠罪。」

「你倒是挺護短的，寧可自己彎腰，也不讓妹妹受委屈。」

「我是兄長，她做的事情自然該我擔待。」

小六低著頭，也不知道在想什麼，忽而笑了笑，終於端起了面前的酒碗，咕咚咕咚地喝完了酒，真心讚道，「好酒！」

小白臉笑道：「請六哥以後多光顧。」

小六說：「你也不用擺酒賠罪了，就挑個好酒送老木兩罈。」

「好，聽六哥的。」小白臉作揖，回去繼續做生意。

傍晚，小白臉帶著海棠來回春堂，還雇了兩個挑夫，挑了二十四罈酒，從街頭酒鋪走到街尾醫館，街坊鄰居都看得一清二楚，算是給足老木面子。

海棠給老木行禮道歉，看得出來心裡並不情願，但規矩一絲沒亂，不愧是世家大族出來的。

老木坐在一旁，臉色鐵青，自嘲地說：「技不如人，不敢受姑娘的禮。」

小白臉讓海棠先回去，自個留了下來，也沒廢話，拍開了一罈酒，給老木和自己各倒了一碗，先乾為敬。

老木畢竟個性憨厚，何況得罪他的也不是小白臉，沒擋住小白臉的一再敬酒，開始和小白臉喝起酒來。

一碗碗酒像水一般灌下，老木的話漸漸變多，和小白臉竟然行起了酒令，老木可不是文雅人，也不識字，酒令是軍隊裡學來的，粗俗到下流，可小白臉竟然也會。你吆喝一句白花花的大腿，我吆喝一句紅嘟嘟的小嘴，他再來一句粉嫩嫩的奶子……兩人比著下流，真正喝上了。

小六和串子看得呆住，十七低著頭，靜靜地坐著。

老木笑呵呵地逗十七，「面皮子真薄！這麼幾句就耳熱了？」

小六留意到十七沒有迴避小白臉，看來他認識的人是那位阿念。

串子拿胳膊肘搥小六，喜悅地說：「老木笑了。」

小六笑瞅了小白臉一眼，是個人物啊，從女人到男人、從雅的到俗的，都搞得定，難怪能拐走大家族的小姐。

兩罈子酒喝完，老木已經和小白臉稱兄道弟，就差拜把子，送小白臉出門時，還一遍遍叮囑，回頭來吃他燒的羊肉，咱爺倆再好好喝一頓。

老木和串子都喝醉了，小六忙著收拾碗筷，十七說：「我來，你休息。」

小六呵呵笑，「哪裡能都讓你幹？」

十七洗碗，小六擦洗著灶台，半晌都沒有一句話，十七幾次看小六，小六只笑咪咪地做自己的事，偶爾碰到十七的視線，也不迴避，反而會做個鬼臉，齜牙咧嘴地笑一笑。

十七洗完碗，去拿小六手裡的抹布，小六不給他，「我就快完了，你先休息吧。」

十七安靜地站著。

好一會後，十七說：「小六，你還在生氣。」

「啊？」小六笑著裝糊塗，「沒有。老木都和人家稱兄道弟了，拍著胸膛承諾把阿念當小妹，凡事讓著她，我還生什麼氣？」

十七知道他在裝糊塗，盯著小六說：「你不和我說話。」

「哪裡有？我每天都和你說話，現在不就在和你說嗎？」

「我……想、你和以前一樣，我想聽你說話。」

「以前？」小六裝傻，「以前和現在有什麼不同？我對你不是和對麻子他們一樣嗎？」

十七低下頭，不會巧言辯解，只能用沉默壓抑住一切，瘦削的身影透著孤單。

小六掛好抹布，把手在衣服上擦了擦，「好了，幹完了，休息吧。」

小六快步回到屋子，心上的硬殼已經關閉，那份因為心軟而緣起的憐惜讓他糊塗了，現在已經清醒。這世間的人都是孤零零來、孤零零去，誰都不能指望誰，今日若有多大的希冀，明日就會有多大的傷害，與其這樣，不如從未有過。

既然十七暫時不能回去，那麼就暫時收留他，暫時的相伴，漫長生命中的一個小經歷，遲早會被遺忘。

日子恢復了正常，老木恢復了操心老男人的風采，買菜做飯、喝酒做媒——串子的親事。

小六屬於出力不操心的類型，十七惜字如金，老木滿腔的熱情無人可傾訴，居然和小白臉軒情投意合了，他常常買完菜，就坐在小白臉的小酒鋪子裡，一邊喝著小酒，一邊和小白臉嘮叨，東家姑娘看不上串子，串子看不上西家姑娘……酒鋪裡聚著三五酒鬼，給他出謀劃策。

串子的親事遙遙無期，痲子的媳婦春桃給痲子生了個大胖閨女，老木一邊熱淚盈眶，一邊繼續抓緊給串子謀劃親事。

平淡瑣碎又紛擾麻煩的日子水一般滑過，小白臉的酒鋪竟然就這麼在清水鎮安家了，西河街上的人真正接納了軒。

小六剛開始還老是琢磨軒為什麼留在清水鎮，但日子長了，他也忘記琢磨，反倒是把所有精力投入了醫藥研究中。相柳老是催逼著要一些稀奇古怪的毒藥，小六不得不打起精神應付他。

深夜，小六站在窗前，對著月亮虔誠的許願，希望相柳吃飯噎死、喝水嗆死、走路跌死。許完願，他關了窗戶，準備懷抱著渺茫的幸福願望，好好睡一覺，一轉身卻看到相柳，一身白衣，斜倚在他的榻上，冷冰冰地看著他。

小六立即說：「我剛才不是詛咒你。」

「你剛才在詛咒我？」相柳微笑著，勾勾手指。

小六一步一頓地蹭到了他面前，「別打臉。」

相柳果然沒動手，他只是動嘴。他在小六的脖子上狠狠咬下去，吮吸著鮮血，小六閉上了眼睛，不像上次只是為了威懾，相柳這次是真的在喝他的血。

好一會後，他才放開了小六，唇貼在小六的傷口上，「害怕嗎？」

「怕！」

「撒謊！」

小六老實地說：「那夜我就知道你一定發現我身體的秘密了，本以為你會琢磨著如何吃了我，但今夜你真來了，發現你只是想要我的血，我反倒不怕了。」

相柳似笑非笑地說：「也許我只是目前想要你的血，說不準哪個冬天就把你燉了，滋補進養一下。」

小六嬉皮笑臉地攤攤手，「反正我已經是大人的人，大人喜歡怎麼處置都行。」

「又撒謊！」

小六看相柳，今晚的他和以前不太一樣，雖然白髮依舊紋絲不亂，白衣依舊纖塵不染，但好像沒有以前那麼乾淨，「你受傷了。」

相柳撫摸著小六的脖子，好似選擇該在哪裡下口，「你究竟是吃什麼長大的？如果讓妖怪們知道你的血比最好的靈藥藥效還好，只怕你真的會被拆吃得一乾二淨。」

小六笑，沒有回答相柳的話，反問道：「大人深夜來訪，有何貴幹？」

相柳脫了外衣，舒服地躺下，「借你的榻睡覺。」

「那我睡哪裡？」

相柳看了他一眼，小六立即蹲下，明白了，隨便趴哪不是睡。小六恨恨地看著，那是我的被子，今天十七剛抱出去，在外面晒了一天太陽，拍打得蓬蓬鬆鬆。

小六裹了條毯子，蜷在榻角，委委屈屈地睡著。

半夜裡，小六摸索著爬到了榻上，騎到相柳身上，相柳徐徐睜開眼睛。

小六掐著他的脖子，猙獰張狂地笑，「在運功療傷吧？可別岔氣啊，輕則傷上加傷，重則一身靈力毀了，神智錯亂。」

相柳閉上了眼睛。

小六拍拍他的左臉頰，「我抽你四十鞭子如何？」

小六拍拍他的右臉頰，「你這臭妖怪怕的可不是疼，只怕砍了你的左胳膊，你還能用右胳膊把左胳膊烤著吃了。」

「嘿嘿……」小六翻身下了榻，跑去廚房，從灶台裡撿了幾塊燒得發黑的木炭，一溜煙地跑回屋子，跳到榻上，陰森森地說：「你小子也有今天！別生氣哦，專心療傷哦，千萬別被我打擾哦！」

小六拿著黑炭，開始給相柳細心地上妝，眉毛自然是要畫得濃一些，這邊……嗯……那邊……也要……腦門子上再畫一個……

木炭太粗了，不夠順手？不怕，直接拿起相柳雪白的衣衫擦，磨到合用！

小六畫完後，滿意地看了看，拿出自己的寶貝鏡子，戳戳相柳的臉頰，「看一看，不過別生氣，岔了氣可不好。」

相柳睜開了眼睛，眼神比刀鋒還鋒利，小六衝他撇嘴，拿著鏡子，「看！」

鏡子裡，相柳的左眼睛下是三隻眼睛，右眼睛下是三隻眼睛，額頭上還有一隻眼睛，小六一隻隻地數，「一個、兩個、三個……一共九個。」

小六用黑乎乎的手指繼續畫，畫出腦袋，九隻眼睛變成了九個腦袋，一個個都冰冷地盯著他，小六皺眉，「我還是想像不出九個頭該怎麼長，你什麼時候讓我看看你的本體吧！」

相柳嘴唇動了動，無聲地說：「我要吃了你。」

小六用髒兮兮的手指在他唇上抹來抹去，抹來再抹去，「你不嫌髒就吃唄！」

相柳的嘴唇已經能動，手應該就要能動，他的療傷快要結束了。

小六下了榻，歪著腦袋看相柳，「我走了，你不用找我，我要消失幾天，等你氣消了，惦記起我的好，我再回來。」

小六從廚房裡拿了點吃的，小心地掩好門，一抬頭就看見十七。

小六剛欺負完相柳，心情暢快，對十七招招手，揚著臉笑起來。

十七快步走過來，眼中浮起笑意，剛要溢出，就看到小六脖子上的齒痕，不知內情的人看到只會當是一個吻痕，十七飛快地瞟了眼小六的屋子，眼中的光芒淡去。

小六對十七叮囑，「相柳在我屋裡，別去打擾，讓他好好休息，他醒了就會走。我有點事情要出門，你和老木說，別找我。」說完，也不等十七回答，一溜煙地跑了。

小六邊跑邊琢磨，躲哪裡去呢？躲哪裡那個魔頭才想不到呢？我平時最不想去哪裡呢？

他一邊想著，一邊跑著，兜了幾個圈子後，溜進小白臉軒的酒鋪子。

天還沒亮，小六趁著黑摸進酒窖，藏了進去，覺得天知地知人不知，安全無虞，他簡直是對自己佩服的五體投地。

靠著酒罈子正睡得酣甜，他聽到軒進來拿酒，說話聲傳來。

「他們如何了？」

「死了三個，逃回來一個。主上，不是我們沒用，而是這次驚動了九命那魔頭，不過三個兄弟拚死傷到了相柳。」

「相柳受傷了？」
「我們安插在山裡的人也知道是個除掉九命的好機會，可找不到他。」
「嗯。」
「小的告退。」
酒窖的門關上，酒窖裡安靜了。
小六這才輕輕地吐出口氣，繼續睡覺，並沒有什麼特別的感覺，共工和軒轅已經對抗了幾百年。剛開始時，黃帝還派軍隊剿殺，可中原未穩、高辛在側，共工又有地勢之險，黃帝損兵折將，沒有討到好，只能把共工圍困住，想逼迫共工投降。戰爭漸漸地就從明刀明槍變成暗中的勾心鬥角，陰謀詭計暗殺刺殺……只有小六想不出的，沒有人做不出的。
軒轅甚至公布了賞金榜，九命相柳在軒轅的賞金榜上比共工的懸賞金額還高，名列第一。原因很奇怪，共工是高貴的神農王族，任何一個人如果為金錢殺了他，都會背負天下的罵名，可相柳沒關係，他是妖怪，還是醜惡可怕的九頭妖，所以，殺他，即使為了金錢，也不會有心理負擔。
至於軒是為了錢，還是其他，小六懶得去琢磨，反正這世間的事不外乎名利欲望。
小六在酒窖裡躲了三天，第四天半夜去廚房裡偷東西吃時，剛塞了滿嘴的雞肉，軒的聲音從身後傳來，「要不要喝點酒呢？」
小六呆了一呆，腆著臉回頭，軒靠著廚房的門，溫雅地看著小六。
小六嘿嘿一笑，「我……你家的菜比老木做的好吃。」

「熱著吃更好吃。」

「呃……那熱一熱？」

「好啊！」

軒往灶膛裡放了幾塊柴，真的點火熱菜。

小六坐在一旁，軒倒了一碗酒給他，小六慢慢地喝著。

「如果喜歡，就多喝一點，別客氣。」

「嗯……謝謝。」

軒盛了熱飯熱菜給他，自己也倒了一碗酒，陪著小六一塊喝。

小六想，如果不是半夜，如果不是沒有邀請，這場面還是很溫馨的。

小六說：「菜是阿念做的？手藝挺好。」

「阿念只會吃。」軒的語氣中有很溫柔的寵溺。

「沒想到你既會釀酒又會做飯，阿念真是有福氣。」

「她叫我哥哥，我照顧她是應該的。」

「最近很少見到阿念。」不是很少，而是幾乎沒有。

軒微笑，「六哥想見阿念？」

「不、不，隨口一問。」最好永遠不見。

「我讓她幫我繡一幅屏風，所以她一直在屋中忙活。」

小六恍然大悟，難怪女魔頭這麼安分，原來被小白臉設計牽絆住了。

軒好似知道他怎麼想，「日後阿念若有無禮之處，還請六哥看在她是個女孩子的份上，多包涵幾分。」

日後？有日後……今夜不會殺人滅口。小六笑得眉眼彎彎，「沒問題、沒問題。我一定儘量讓著她。」

軒站起作揖，鄭重地道謝，讓小六不得不在心裡重複一遍，讓著阿念，把一句敷衍變成了承諾。

小六嘆了口氣，帶著幾分悵惘說：「做你的妹妹真幸福。」

這大概是小六今晚最真心的一句話。軒也感受到了，面具般的微笑消失，「不，我並不是個好哥哥。」語氣中有幾分從心而發的傷感。

小六一口飲盡殘酒，「我回去了。」

軒說：「我送你。」

小六趕緊站起，軒把他送到了門口，「有空時，常來坐坐。」

「好好，你回去吧，不用送了。」

小六一溜煙地跑回去，躡手躡腳地從牆上翻進院子，悄悄溜入屋子，關好門。一個人影從榻邊站起，小六嚇得背貼著門板，一動都不敢動。

橫豎都是死，不如早死早了，小六閉著眼睛，顫巍巍、軟綿綿，「我、我……錯了！」像貓兒一般，以最柔軟的姿態乞求主人憐惜，只求相柳看在他能製藥，又能讓他喝血療傷的份上，別打殘了他。

可是，半晌都沒有動靜。

小六的心怦怦直跳，實在挨不住煎熬，慢慢地睜開了眼睛，居然、竟然、是、十七！

小六大怒！人嚇人，嚇死人啊！他指著十七，手都在哆嗦，疾言厲色地問：「你、你……怎麼是你？」

十七臉色發白，聲音暗啞，「對不起，讓你失望了。」

「你在我屋裡幹什麼？」

十七緊緊地抿著唇，低下頭，匆匆要走。

小六忙道歉，「對不起，我、我剛把你當成別人了。那個、那個……語氣有點著急，你別往心裡去，我不是不許你進我的屋子。」

「是我的錯。」十七從他身旁繞過，出門後，還體貼地把門關好。

小六好幾天沒舒服地睡覺，急急忙忙地脫了衣衫，鑽進被窩，愜意地閉上眼睛，深深地吸了口氣，乾淨、溫暖，有著淡淡的皂莢香和陽光的味道。

被子是新洗過的，白日應該剛剛晒過，小六笑笑，對自己叮囑，可千萬別習慣了啊！人家遲早要離開的，自個懶惰，那就是睡冷被子、髒被子的命！

小六叨唸完，翻了個身，呼呼睡去。

第四章

那年曾許諾

「我不離開。」

小六微笑，許諾的人千千萬，守諾的人難尋覓。

如果他只是十七，也許能簡單一些，可他並不是十七。

秋天的午後，是一天中最美麗的時光。

沒有病人的時候，小六喜歡拿一片荷葉遮住眼睛，仰躺在晒草藥的草席上，雙臂貼著耳朵往上伸展，雙腳自然合併，腳尖往下，整個身體筆直得像一條線，想像中好似身體可以無限延展，那種筋骨撐拉的感覺，配上溫暖的太陽、荷葉的清香，簡直就像骨頭飲了酒，小醉微醺的美妙。

他曾經鼓勵過痲子和串子像他這樣晒太陽，可痲子和串子嫌光天化日下丟人，從來不和他學。所以這種美妙的感覺，小六只能寂寞地獨享。

小六撐拉夠了，緩緩收回手臂，拿開荷葉，看到十七在切藥。

痲子自從女兒出生，幾乎常住屠戶高家了，本來串子還能幹些活，可這兩三個月他整天在外面野，也不知道在折騰什麼，藥堂裡只剩十七，不過，小六一點也不覺得活比以前多，反倒更省心清閒，每次想起什麼時，剛想去做就發現十七已經做好。

小六盤腿坐在席子上，把荷葉頂在頭上，看著十七專心致志地幹活，十七一直低著頭切藥，等切完了，把切好的小藥塊仔細地裝進藥盒裡，等這個藥盒裝滿了，他又開始切另一種藥。

小六叫：「十七。」

十七停了一瞬，抬起頭，默默地看著小六。

「嗯……」小六搖搖頭，「沒什麼。」

十七低下了頭，又開始忙碌。

「十七。」

十七停下，這次沒有看小六，只是微微側頭，凝神聽著。

「你休息會兒吧！」

「不累。」十七繼續幹活。

小六拿下荷葉，一邊看著十七，一邊一下又一下，慢慢地把圓圓的荷葉撕成了一條條。老木和串子都察覺不出他在和十七生氣，可十七和他都知道，剛開始十七還想賠禮道歉，他卻故意裝糊塗，越發客氣有禮，漸漸地十七不再提，只是沉默地像影子一樣跟隨著他，把以前三個人幹的活都一個人做完了。

「十七……」

十七抬頭看向小六，小六卻不知道自己想說什麼，咬了咬嘴唇，忽然眉開眼笑地拍拍身旁，「你過來，我教你個好玩的事情。」

十七放下了手中的活，走到小六身旁。

小六躺下，連說帶比，指揮著十七也躺下，像他一樣很沒形象地晒太陽，十七果然不像痳子和串子，毫不遲疑地一一照做，小六瞇眼數著瓦藍天空上的潔白雲朵，心滿意足地嘆了口氣，雖然晒在身上的太陽依舊是那個太陽，躺在身下的草席也依舊是那個草席，可兩個人一起晒太陽的感覺，不知道為什麼，就是比一個人晒太陽的感覺好。

小六昏昏欲睡時，十七的聲音突然傳來，「不會再有第二次。」

「嗯？」小六迷惑地睜開了眼睛。

「不管什麼原因都不會再讓你想要依靠一下時，卻找不到我。」

小六徹底清醒了，忽然覺得自己這段時間的小脾氣怪沒意思的，虧得十七竟然還耐心琢磨了一番，小六翻身坐起，撓著頭乾笑幾聲，想說點什麼，老木突然跑了進來，拽起小六就跑。

「鞋，我還沒穿鞋！」小六匆匆穿上鞋，快跨出門了，突然回頭對十七說：「一起去！」

小六被老木拽著一路急跑，顧不上看十七有沒有跟過來。

一直跑到街頭，小六剛給軒打了聲招呼，就被老木押著躲到幾個酒缸後，老木和軒打手勢，軒點點頭，表示一切明白。

有人小心地蹲在他身後，小六也沒回頭，就知道是十七來了，小六回頭向十七笑做了個鬼臉，調整姿勢，笑咪咪地等著偷窺不知道是什麼的玩意。

軒大聲咳了幾下，老木立即一副進入戒備的狀態，小六也立即從酒缸縫裡偷看。

三個娼妓姍姍而來，聲音嬌嗲地對軒說著要買什麼酒，要幾兩。買完了酒，兩個走得快，還剩一個慢慢地落在後面。

小六正看得不耐煩，老木用力撓了他一下，他這才看到串子不知道從哪裡冒出來，和那落在後面的一個娼妓並排走著，走著、走著……不見了。

老木拽著小六又是小跑，左拐右彎，鑽進了個小巷子裡，串子和那娼妓躲在暗影中低聲說話，說著說著，兩人貼在一起，開始磨蹭。

小六笑咪咪地看著，老木卻臉色鐵青，一臉傷心失望。小六側頭看十七，十七站得筆直，眼睛卻看著自己的鞋尖，絕對地非禮勿視。

眼見磨蹭的兩人越來越激烈，女的靠著牆壁喘息呻吟，老木想衝出去，可又實在不知道該怎麼處理這麼尷尬的事情，對小六說：「你看著辦吧！」說完，氣沖沖地走了。

小六顧不上理會老木，只是好笑地看著十七，十七的眼睫毛微微地一顫一顫，小六忍不住湊了過去，「大家族的子弟就是沒有侍妾，也該有幾個美貌的婢女吧？你身邊的婢女比這女子如何？」

十七不說話，想避開小六往後退，可已經貼著牆壁了。

小六忍著笑，繼續自己的邪惡，雙手張開，往牆上一放，把十七圈住，一副惡霸調戲民女的架勢，「你喜歡什麼樣的女人？是小白兔那樣清純羞怯的，還是像這個女子一樣風騷熱情的？」

在女人的呻吟聲中，十七蒼白的臉頰慢慢地染上一層紅暈，小六已經快要笑破肚子，卻越發邪惡，更是湊近了，幾乎貼著十七的臉，低沉沉地問：「你想要嗎？」

沒想到，十七慢慢地抬起頭，雖然有一點羞澀，可眼神清亮清亮，竟然溢出了笑意！

小六愣住了，半晌才腦子裡冒出句——披著羊皮的狼啊！

小六又羞又惱，臉倏地紅了，把氣全發到串子身上，直接衝了過去，「串子！你膽子大了啊，都學會嫖妓了？錢哪來的？」

串子嚇得提著褲子就跑，可習慣性地跑了兩步，又跑了回來，擋在女子身前，那女子卻毫無愧色，只迅速地整理好衣衫，推開串子，對小六斂衽一禮，「奴家桑甜兒，與串哥兒相好，並未要他的錢。」

小六笑笑地問：「妳是娼妓，陪他睡覺不要錢，不是虧了？」

桑甜兒笑笑，「我樂意！」

小六問：「妳樂意陪他睡一輩子嗎？」

桑甜兒愣了，似乎明白了小六的意思，卻不敢相信小六是那樣的意思。串子急急忙忙地說：「我願意！我願意和她睡一輩子！」

小六踹了他一腳，「滾一邊去，我問她話呢！」

串子可憐兮兮地看著桑甜兒，對她猛點頭。

桑甜兒終於相信小六問的就是那個意思，眼中有淚，跪下，「奴家願意。」

小六說：「妳想好了？跟著串子可要幹活受累。」

「奴家願意。」

「成，妳回去等著吧，想想什麼時候成親。」

桑甜兒不敢相信地看串子，一切能這麼簡單？串子扶起她，「六哥兒雖然凶，可向來說什麼就什麼。」

小六擰著串子的耳朵，拽著他就走，「你可真是長大了！」

串子心願得成，一邊哎呀呀地叫著痛，一邊高興地衝十七笑。十七跟在他們身後，只是看著小六，眼中滿是笑意。

經過酒鋪子時，小六對軒說：「謝謝你了！」

軒瞅了一眼被小六擰著耳朵的串子，笑著拱手，「如果辦喜事，記得照顧我的生意啊！」

「成，到時你和老木談吧。」

小六拎著串子，快進門時，小六低聲說：「還不叫得淒慘點？」

串子立即反應過來，稀里嘩啦地哭嚎起來，小六連踢帶踹，把串子打到老木面前，老木又心疼，嘀咕，「都老大不小了，要打也背著人打，好歹給留點面子。」

老木本來一肚子氣，但小六已經收拾了串子，他倒突然有些不知該怎麼辦了，「小六，你說這算什麼事啊？串子怎麼就和個娼妓黏糊到一起了呢？」

小六說：「想辦法贖人吧！贖了之後，該怎麼辦就怎麼辦，反正痲子有的，也別給串子缺了。」

如果老木是神農或高辛人，以他對串子的真心疼愛，恐怕很難接受串子娶一個娼妓，可他來自民風奔放剽悍的軒轅，蹲在門檻上吹著冷風，琢磨了半晌，覺得也沒什麼不行的，串子的媳婦就這麼定了下來。

老木一旦決定了，立即開始張羅，娼妓館也許是覺得有利可圖，也許是想懲戒桑甜兒，開了個高價，都夠麻子再娶十個春桃，老木四處託人說情，但是，以老木和小六在清水鎮二十多年的關係，竟然完全搞不定。

老木氣得要死，卻一點辦法都沒有，娼妓館在清水鎮是很特殊的場所，那裡是所有消息彙集和傳播的地方，有著最美豔、最有才華的女子，是有權勢的男人們會常去坐坐的地方，那裡有各種勢力在掌控，不僅僅是軒轅、神農、高辛，還有各大世家，從中原的赤水氏到北地的防風氏都有。

老木愁眉不展，長吁短嘆，「我看甜兒是真心想跟咱家的串子，如今寧可挨打都不接客了，那老鴇實在可惡！」

麻子看著難受，私下裡勸串子放棄，桑甜兒再好看，卻不是他們這種人能想的。

串子臉色晦暗，坐在院子的門檻上，抱著腦袋，整宿整宿地不睡。

屋內，小六躺在榻上，蹺著二郎腿，捧著他的寶貝小鏡子，嘿嘿地直笑。

小鏡子裡正在放一幅幅畫面，全是那個深夜他的傑作。相柳的臉上被他畫出九個頭，睜著冰冷的眼睛，如利劍一般看著他。

小六對著鏡子，彈相柳的頭，「讓你凶！讓你凶！」彈完後，他抹了下鏡子，所有畫面消失，小鏡子恢復普通，除了看上去比一般的鏡子更精緻，完全看不出能記憶過去發生的事情。

這面看似普通的鏡子實際是用狌狌6精魂鍛鑄的鏡子，大荒內有異獸狌狌，天生就有窺視過往的能力，但窺往見未都是逆天之舉，因為狌狌的這個逆天之能，牠們修煉十分不易，所以狌狌妖極難碰到，而用狌狌妖精魂鍛造的鏡子更是古往今來只此一面。因為用狌狌精魂所鑄的神器一定要狌狌在被煉化時心甘情願，沒有一絲怨恨，才能重現往事，可想而知，沒一個狌狌妖在承受殘酷的鍛造之痛死去時會無一絲怨恨。

小六把鏡子貼身收好，雙手交叉放在腦袋下。

自從那夜，已經幾個月了，相柳一直沒有出現。那麼多人找他的麻煩，他不出現是正常，如果出現的話，小六明白自己是活到頭了。因此，小六一直在心裡祈禱，多一些人找他麻煩吧，最好忙得他完全忘了清水鎮上還有個玟小六。

但是，現在……唉！

白羽金冠鵰毛球幻化的小白鵰從窗戶外飛了進來，趾高氣揚地落在小六面前。

小六對牠說：「看到你這副拽屁的樣子，我就想拔了你的毛，把你左半邊烤著吃，右半邊煮著吃，吃完的骨頭再餵狗。」

毛球朝小六撲過來，小六抱著頭，滾到榻下，「和你主子說，我要見他。有正經事。」

毛球惡狠狠地盯了小六一眼，展翅飛入黑夜。

6狌狌（ㄒㄧㄥㄒㄧㄥ），《山海經．南山經》中記載的一種異獸，「其狀如禺而白耳，伏行人走，其名曰狌狌，食之善走。」《淮南子》中說牠可以知道一個人的往事，不過，無法知道將來的事情，所以叫「知往而不知來」。

小六覺得不能在屋子裡見相柳，同一個環境會讓他想起上次的受辱，很容易激發凶性。

小六出了門，沿著河往上游跑，一直跑出清水鎮，進入茂密的山林，他沿著一棵五六人合抱的大樹攀援而上，找了個舒適的位置坐下。

樹很高，能居高臨下的俯瞰一切，山林簌簌，西河蜿蜒曲折，如一條閃爍的銀帶，流淌出婀娜多姿。如果不是冬天，如果不是寒風吹得緊，一切很完美。

他來了！

小六抬頭看去，白鵰馱著相柳從圓月中飛來，白衣白髮，從九天飛下，若雪一般，輕輕地落在小六身旁。

小六說：「三個選擇，可以抽我四十鞭，可以把我從這裡踢下去，還可以聽我說正事。正事！」

相柳問：「洗過澡嗎？」

小六依舊油嘴滑舌，「洗刷得很乾淨，就等大人臨幸了。」

相柳一手扣住小六的肩，伏下頭，小六很溫順地將頭微微後仰，相柳的尖牙刺入他的脖子，吮吸著他的血，小六沒有閉眼睛，而是欣賞著月亮。

相柳真是沒客氣，小六的頭漸漸有些發暈，「你打算一次吃乾淨啊？雖然你有九個頭，可沒聽說你有九個胃啊！不能剩點下次吃嗎？」

相柳唇貼著他的脖子，對著那個直和心臟相連、維繫著生命的血管，「你說我什麼時候該咬斷這裡？今夜如何？」

小六趕緊狗腿地出謀劃策，「今夜不好，值此良辰美景，對月談心何等風雅。殺我這種煞風景的事情不如等到我真想殺了你時。」

「你難道不想殺了我嗎？」

「不想！」小六微笑起來，「你明明知道我不想殺你，更不會殺你。」

「我不知道，我只知道你應該恨我。」

「你不知道就敢受傷時來見我？你真把我當小白兔啊？還是你九個腦袋在打架，犯傻了？」

相柳咬他，打算繼續進食。

小六趕緊說：「我寂寞！」

相柳的唇貼著他的脖子沒動。

「不管你信不信，我真的不記恨你，也一點不想殺你，因為我很寂寞。那時候，我得了一種怪病，躲在深山裡，好幾年沒有見到人，我和花草說話，它們不理我，只有風和它們玩時，它們才跳舞；我和猴子說話，猴子一直想逃，逃不掉竟然想撞岩壁自盡。後來，我碰到一個蛇妖，牠很想吃了我，差點把我的一條腿咬斷，可是牠能聽懂我說話，對我的每個動作有反應。我明知道很危險，可依舊忍不住，時不時跑到牠面前，氣得牠發狂……但有了牠，山裡的日子再不寂寞。」小六咯咯地笑，「時間長了，牠發現我越來越狡猾，吃不到我，想離開，我為了留下牠，把牠下的蛋給偷吃了，這下我們可結了生死仇怨，牠不離開了，追在我屁股後面想殺了我。」

小六看著頭上的月亮，眉梢眼角有了難言的寂寥，「都說得上蒼眷顧的是神族，可我看是人族，他們一切都和神一樣，唯一的不同就是他們壽命短，可你看那月亮，千年前就是這個樣子，再美麗的景色，天長地久了也是乏味！」

「那條蛇，後來？」

「死了！」

「你殺死的？」

「不是，狐族的王。」

「九尾狐？」

小六閉上了眼睛，「九尾狐想抓我，蛇妖認為只能牠吃我，便擋了那隻惡毒狐狸的路，所以……就死了！」

相柳輕聲笑，「有意思，那隻狐狸呢？」

「被我殺了。」

「你有這本事？」

「他應該一捉住我就殺了我，可是他被仇恨和貪婪蒙蔽了眼睛，用各式各樣的寶貝養著我，逼我吃很多很噁心的東西，想把我養得肥肥時，再吃了我，用我的靈血恢復他失去的功力……哦，我忘記告訴你，他其實已經不是九尾狐，而是八尾，他的尾巴被剁掉了一隻，元氣大傷。他養我三十年，原本就要大功告成，可那天他不小心，在我面前喝醉了。」

「他把你養在籠子裡？」

「嗯。」

相柳沉默了一瞬，手在小六的脖子上摩挲，「我是排解你寂寞的蛇？」

小六笑，「誰知道呢？也許我才是逗你趣的蛇。」

相柳放開了他，「正事！」

「東槐街上的娼妓館是你們的嗎？」

「你問這個做什麼？」

「串子想娶那裡面的一個娼妓。」

「你想求我幫你放人？」

「那娼妓館是你們的嗎？」

「娼妓的名字。」

「看來不是你們的，我也覺得這種刁難不像你的行事風格。」小六咧著嘴笑，眼睛裡閃著賊溜溜的光，「不用你幫我，我去求另一個人幫忙。」

白鵰毛球飛來，繞著樹打轉，相柳輕飄飄地躍起，落在了鵰背上，「這就是你的正事？」

「呃……串子的親事很重要……啊——」

小六坐的樹枝被砍斷，立即跌下。

劈劈啪啪，身體和樹枝不停地撞擊，雖然緩解了下墜的速度，可同時也把小六撞得吐血。

砰——小六終於直挺挺地砸到地上，濺起一團煙塵。

毛球樂不可支，低空盤旋著，嘲笑小六。相柳立在鵰背上，微笑著說：「你充其量就是那顆任人隨便吃的蛇蛋！」

毛球呼嘯而上，相柳離開了。

小六緩了半晌，才強撐著坐起來，可頭暈，眼也花，腿痛得根本走不了。

被驚醒的松鼠，探頭探腦地看他。

小六笑咪咪地對牠們說：「看什麼看？看我出醜啊？我可沒出醜，我這是以小搏大，至少下次見了那魔頭，他不會想捏死我了……」

天還未亮，十七尋了過來，小六在一堆斷裂的樹枝中，蜷縮著身子酣睡，一身狼狽，卻嘴角噙著笑。

十七蹲下，小心翼翼地摘下他頭臉上的乾草枯葉，小六的脖子上有兩個齒痕，隔著衣領，半隱半露。暗紅的痕，勾勒出隱約的唇形。

小六眼皮微微一顫，「十七？」他睜開了眼睛，對十七無賴地笑，「我又走不了了。」

十七背起了他，小六溫順地伏在他背上。

小六休息了三天，待拄著拐杖能走時，他讓老木做了些菜，請軒來喝酒。

軒如約而至，小六熱情地給所有人都倒了酒，老木和串子喝了兩碗，身子往後一翻，昏睡過去。

軒微笑地看著小六，十七沉靜地坐在一旁。

小六對軒說：「請你來，是有事相求。」

「請講。」

「串子想娶桑甜兒，想麻煩你通融一下。」

軒不說話。

小六誠懇地說：「我知道也許有些交淺言深，但這是串子的終身大事，所以我只能厚著臉皮相求。」

「六哥兒怎麼認為我能幫上忙？」

「我不知道你和阿念的真實身分，但我肯定你們來歷不一般，說老實話，我也出於好奇，去探查過，還不小心被你抓住了。只要軒哥願意，一定能幫上忙。」小六已經諂媚地開始叫軒哥了。

軒瞅了十七一眼，說：「我和阿念只想安靜地過日子。」

「是、是，我明白，以後絕不會再去打擾你們。」

軒盯著小六，小六斂了笑容，「我在清水鎮上二十多年了，我就是我。」

軒起身離去，「喝喜酒時，記得請我。」

小六眉開眼笑，「好，好！」

老木迷迷糊糊地醒來，「你們……我怎麼一下就醉了？」

小六嘿嘿地笑，「誰叫你喝得那麼急？下次喝酒時，先吃點菜。對了，你明日再去贖人。」

「可是……」

「我讓你去，你就去。」

回春館裡，平時看似是老木做主，可一旦小六真正發話，老木卻是言聽計從。

第二日，老木收拾整齊，去東槐街贖人，老鴇竟然接受了老木的價格，條件是小六無償給她們一個避孕的藥草方子，老木喜出望外，一口答應了。

辦妥手續，老木領著桑甜兒回到回春堂。

串子看到桑甜兒時，不敢相信地盯著她，慢慢地，鼻子發酸，眼眶發濕，他低著頭，拿起個藤箱，粗聲粗氣地說：「我去嫂子那裡給妳先借兩套衣服。」

小六一直笑咪咪地看著，對老木吩咐，「去買點好菜，晚上慶祝一下。」

「好！」老木提著菜筐子，高高興興地出了門。

小六的臉冷了下來，看著桑甜兒，「妳信不信，我能讓妳生不如死？」

桑甜兒施施然地坐下，「我信。」

「妳究竟是誰的人？」

桑甜兒自嘲地摸摸臉，「就我這姿色，六哥未免太小瞧我們這行當的競爭，更小瞧了那些男人！」

「妳幹嘛勾引串子？我可不信妳能瞧上他。」

「我十三歲開始接客，十二年來看的男人很多，串子的確沒什麼長處，可只有他肯娶我。」桑甜兒微笑，「三個月前，一個男人找到我，許我重金，讓我勾引串子。我在娼妓館裡沒什麼地位，再不存點錢，只怕老了就會餓死，所以我答應了。串子沒經歷過女人，我只是稍稍讓他嘗到了女人的好，他就整日賭咒發誓地說要娶我，我從十三歲起，聽這些話已經麻木了，壓根沒當真，可沒想到你們竟然真的來贖我。媽媽恨我背著她和男人勾搭，故意抬高價格想破壞我的好事。昨日夜裡，那個男人又來了，給我一筆錢，說他和我的交易結束，如果我願意嫁給串子，可以把錢交給媽媽替自己贖身。」

「妳認識那男的嗎？」

桑甜兒搖頭，「六哥應該知道，神和妖都能變幻容貌，我只是個普通的凡人。」她跪下，「十二年的娼妓生涯，我的心又冷又硬，即使現在我仍舊不相信串子會真的不嫌棄我，會真願意和我過一輩子，但我想試試。如果串子真願意和我過，我——」桑甜兒舉起了手掌，對天盟誓，「我也願意一心一意對他。」

小六看著桑甜兒，不說話。

桑甜兒低著頭，聲音幽幽，「心變得又冷又硬，可以隔絕痛苦，同時也隔絕了歡樂。我真的很想有個男人能把我變回十二年前的我，讓我的心柔軟，會落淚的同時也能暢快地笑。如果串子真是那個男人，我會比珍惜生命更珍惜他。」

串子拉著麻子，一塊跑了進來，「嫂子說……」看到桑甜兒跪在小六面前，他愣住，忐忑地看著小六。

小六咧著嘴笑，「怎麼了？讓你媳婦給我磕個頭，你不滿啊？」

串子看了桑甜兒一眼，紅著臉笑。桑甜兒如釋重負，竟然身子發軟，緩了一緩，才鄭重地給小六磕了個頭，抬起頭時，眼中有淚花。

小六揮揮手，「會不會做飯？不會做飯，去廚房跟老木學！」

晚上吃過飯，串子和桑甜兒沿著河岸散步，那麼冷的風，兩個人也不怕，一直一邊說話，一邊慢慢地走著。

小六拄著拐杖，遠遠地跟著他們，十七走在他身邊。

小六的嘮叨終於再次開始，「其實，這是一個很好玩的賭博。甜兒不相信串子會真心實意和她過一輩子，她現在給串子的都是虛情假意，可串子不知道，甜兒對他好，他就對甜兒更好，甜兒看串子對他更好了，那虛情假意就漸漸地摻雜了真，天長地久的，最後假的變成了真的。可這過程中，不是沒有風險，甜兒在拿心賭博，如果串子變卦，這兩個人裡肯定要死一個。」小六微笑著說：「我的生命很漫長，可以等著看結局。」

十七看向前方並排而行的兩人，「軒、為什麼？」

小六說：「我上次深夜跑他家裡偷雞吃，他懷疑我別有居心，弄了個甜兒出來，不過是想看我背後的依仗，我如果糊裡糊塗求了相柳幫忙，日後可就麻煩大了。現在他也不見得真相信我乾淨，不過日久見人心，我的確是乾乾淨淨。」

「不跟他們一起喝冷風了，我們回。」小六把拐杖塞給十七，雙臂張開，單腳跳著，嘻嘻哈哈地往回跳躍，到了院門，跳上臺階，石板上結了一層薄冰，小六沒提防，腳下打滑，身子向後倒去，跌進了十七懷裡。

「哈哈，謝謝了——」小六仰躺在十七懷裡，說話的聲音也不知道為什麼就越來越小了。

小六去抓十七手裡的拐杖，想站起來，不想拐杖掉到地上，小六抓了個空，又躺回十七懷裡。

兩人呆呆地看著對方，十七突然打橫抱起小六，跨上石階，跨過門檻，走過院子，把小六穩穩地立在他的屋前。

兩人面對面，沉默地站著。

「那個……謝謝。」小六轉身，單隻腳，跳回了屋子。

仲春之月，百花盛開時，老木為串子和桑甜兒舉行了婚禮。

婚禮很簡單，只邀請了和串子玩得好的幾個夥伴，屠戶高一家和軒。春桃又懷孕了，挺著大肚子坐在一旁，臉上掛著微笑，卻並不和桑甜兒說話。偶爾大妞湊到桑甜兒身邊，春桃會立即把大妞拉過去，叮囑著說：「不要去打擾嬸子。」

串子只顧著高興，看不到很多東西，但他宏亮的笑聲，還是讓滿屋子都洋溢著喜悅。

小六啃著鴨脖子，笑咪咪地看著。這就是酸甜苦辣交織的平凡生活，至於究竟是甜多，還是苦多，卻是一半看天命，一半看個人。

酒席吃到一半時，阿念姍姍而來。

小六立即回頭，發現十七已經不見了。

老木熱情地招呼阿念，阿念對老木矜持地點了下頭，對軒說：「軒哥哥，海棠說你來這裡喝喜酒，竟然是真的。」

阿念瞅了一眼串子和桑甜兒，是毫不掩飾、赤裸裸地鄙夷，連高興得暈了頭的串子都感受到，串子臉色變了。不過桑甜兒並不難過，因為她很快就發現，阿念鄙視的是所有酒席上的人，包括小六、屠戶高、春桃，甚至大妞。

阿念那居高臨下、天經地義、理所應當地鄙夷，讓所有人都有點坐立不安，屠戶高想起了自己只是個臭屠戶，身上常年有臊臭味，春桃想起了她指甲縫隙裡總有點洗不乾淨的汙垢……

串子和麻子緊緊地握著拳頭，可是阿念什麼都沒做，什麼話都沒說，她只不過姿態端儀地站在那裡，看著大家而已。

小六都不得不讚佩，這姑娘究竟是怎麼被養大的？能如此優雅盲目地自傲自大、俯瞰天下、鄙夷眾生，還偏偏讓大家覺得她是對的。

軒站起，想告辭，阿念卻打開一塊手帕，墊在座席上，坐了下來，「軒哥哥，我沒見過這樣的婚禮，讓他們繼續吧。」

小六簡直要伏案吐血，串子要砸案。桑甜兒拉住了他，笑道：「我們應該給這位小姐敬酒。」

阿念俏生生地說：「我不喝，你們的杯子不乾淨，我看著骯髒。」

小六心內默唸，我讓著她，我讓著她……

軒從串子手裡接過酒，一仰脖子喝乾淨，阿念蹙了蹙眉，不過也沒說什麼，卻又好奇地觀察著酒菜，對老木說：「聽說婚禮時，酒席的隆重表示著對新娘子的看重，你們吃得這麼差，看來很不喜歡新娘子。」

八面玲瓏的桑甜兒也臉色變了，小六立即決定送客，對軒和阿念說：「兩位不再坐一會？不坐了！那慢走，慢走，不送了啊！」

軒拉著阿念站起，往外走，對小六道歉。阿念瞪著小六，「每次看到你，都覺得厭煩，如果不是哥哥，我會下令鞭笞你。」

小六在心裡說，如果不是因為妳哥哥，我也會抽妳。

軒和阿念走了，小六終於鬆口氣。

他繞過屋子，穿過藥田，向著河邊走去。灌木鬱鬱蔥蔥，野花繽紛絢爛，十七坐在岸邊，看著河水。小六站在他身後，「六年前的春天，你就躺在那叢灌木中。」

十七回頭看他，唇角蘊著笑意，「六年。」

小六笑咪咪地蹲到十七身邊，「麻子和串子都能看出你不該在回春堂，軒肯定也能看出來，何況他對我本就有疑惑，肯定會派人查你。」

「嗯。」十七雙眸清澈，有微微的笑意，淡然寧靜、悠遠平和，超脫於一切之外，卻又與山花微風清水渾然一體。

小六嘆氣，其實十七是另一種的居高臨下、高高在上。阿念的那種，讓小六想抽她，把她打下來，十七的卻讓小六想揉捏他，讓他染上自己的渾濁之氣，不至於真的隨風而去，化作了白雲。

小六撿起一塊石頭，用力砸進水裡，看著水珠濺滿十七的臉，滿意地笑了起來。十七拿出帕子，想擦，小六蠻橫地說：「不許！」

十七不解，但聽話的不再擦，只是用帕子幫小六把臉上的水珠拭去。

白鵰毛球貼著水面飛來，相柳似笑非笑地看著他們。

小六立即站起來，往前走了幾步，頭未回地對十七說：「你先回去！」

十七本來心懷警戒不願走，卻想起那些半隱在領口內的吻痕，低下了頭，默默轉身離去。

小六站在水中，叉腰仰頭看著相柳，「又來送賀禮啊？」又來提醒我多了一個人質。

毛球飛下，相柳伸手，小六抓著他的手翻上鵰背，轉瞬就隱入了雲霄。

毛球在天空疾速馳騁，相柳一直不說話。

小六趴在鵰背上，往下看，毛球飛低了一些，讓小六能看清地上的風景，他們一直飛到大海，毛球歡快地引頸高鳴，猛地打了幾個滾，小六靈力很少，狼狽地緊緊摟著牠的脖子，臉色煞白，對相柳說：「我寧願被你吸血而亡，也不要摔死。」

相柳問：「為什麼你的靈力這麼低？」

小六說：「本來我也是辛苦修煉，可是那隻死狐狸為了不浪費我的靈力，用藥物把我廢了，讓靈力一點點地散入血脈經絡中，方便他吃。」

相柳微笑，「聽說散功之痛猶如鑽骨吸髓，看來我那四十鞭子太輕了，以後得重新找刑具。」

小六臉色更白了，「你以為是唱歌，越練越順？正因為當年那麼痛過，所以我十分怕痛，比一般人更怕！」

相柳拍拍毛球，毛球不敢再撒歡，規規矩矩地飛起來。小六鬆了口氣，小心地坐好。

毛球飛得十分慢，十分平穩。

相柳凝望著虛空，面色如水，無喜無怒。

小六問：「你心情不好？」

相柳輕聲問：「你被鎖在籠子裡餵養的那三十年是怎麼熬過來的？」

「剛開始，我總想逃，和他對著幹，喜歡罵他、激怒他。後來，我不敢激怒他了，就沉默地不配合，企圖自盡，死了幾次都沒成功。再後來，我好像認命了，苦中作樂，猜測那死狐狸又會抓來什麼噁心東西讓我吃，自己和自己打賭玩。再再後來，我越來越恨他，瘋狂地恨他，開始想辦法收集材料，想弄出毒藥，等老狐狸吃我時，我就吃下去，把他毒死。」

小六湊到相柳身邊，「人的心態很奇怪，幸福或不幸福，痛苦或不痛苦都是透過比較來實現。比如，某人每天要做一天活，只能吃一個餅子，但當他看到街頭有很多凍死的乞丐，他就覺得自己很幸運，過得很不錯，心情愉快。但如果他看到小時和自己一樣的夥伴們都發了財，開始穿綢緞，吃肉湯，有婢女伺候，那麼他就會覺得自己過得很不好，心情很糟糕。你需要我再深入講述一下我的悲慘過去嗎？我可以考慮適當地誇大修飾，保證讓你聽了發現沒有最慘，只有更慘！」

相柳抬手，想捶小六，小六閉上了眼睛，下意識地蜷縮、護住要害，溫馴地等著。這是曾被經常虐打後養成的自然反應。

相柳的手緩緩落下，放在了小六的後脖子上。

小六看他沒動手，也沒動嘴，膽子大了起來，「你今夜和以往大不一樣，小時候生活在大海？」

相柳沒有回答，毛球漸漸落下，貼著海面飛翔，相柳竟然直接從鵰背上走到了大海上，沒有任何憑依，卻如履平地。

他朝小六伸出手，小六立即抓住，滑下了鵰背，毛球畢竟畏水，立即振翅高飛，遠離了海面。

相柳帶小六踩著海浪，迎風漫步。

沒有一絲燈光，天是黑的，海也是黑的，前方什麼都沒有，後面也什麼都沒有，天地宏闊，風起浪湧，小六覺得自己渺小如蜉蝣，似乎下一個風浪間就會被吞沒，下意識地拽緊相柳的手。

相柳忽而站住，小六不知道為什麼，卻也沒有問，只是不自禁地往相柳身邊靠了靠，陪相柳一起默默眺望著東方。

沒有多久，一輪明月，緩緩從海面升起，清輝傾洩而下，小六被天地的瑰麗震撼，心上的硬殼都柔軟了。

在海浪聲中，相柳的聲音傳來：「只要天地間還有這樣的景色，生命就很可貴。」

小六喃喃嘟囔，「再稀罕的景色看多了也膩，除非有人陪我一塊才有意思。景永遠是死的，只有人才會賦予景意義。」

也不知相柳有沒有聽到小六的嘟囔，反正相柳沒有任何反應。

最瑰麗的一刻已經過去，相柳召喚來毛球，帶他們返回。

相柳閉著眼睛，眉眼間有疲倦。

小六問：「你為什麼心情不好？」

相柳不理他，小六自說自話，「自從小祝融掌管中原，我聽說中原漸漸穩定，黃帝遲早要收拾共工將軍，天下大勢已不可逆，不是個人所能阻止，我看你儘早跑路比較好。其實，你是隻妖怪，還是隻惹人憎厭的九頭妖，以神農那幫神族的傲慢性子，你在他們眼中，可能那個……什麼什麼都不如，你何必為神農義軍瞎操心？跟著共工能得到什麼呢？你要喜歡權勢，不如索性出賣了共工，投奔黃帝……」

相柳睜開了眼睛，一雙妖瞳發出嗜血的紅光。小六被他視線籠罩，身子被無形的大力擠壓，完全動不了，鼻子流下血，指甲縫裡涔出血。

「我……錯、錯……」

相柳閉上了眼睛，小六身子向前倒去，軟軟地趴在鵰背上，好似被揉過的破布，沒有生息。直至快到清水鎮，毛球緩緩飛下，小六才勉強坐起來，擦去鼻子和嘴邊的血，一聲不吭地躍下，落進了河水裡。

小六躺在河面上，任由流水沖刷去所有的血跡。

天上那輪月，小六看著它，它卻靜靜地照拂著大地。

小六爬上岸，濕淋淋地推開院門，坐在廚房裡的十七立即走了出來，小六朝他微笑，「有熱湯嗎？我想喝。」

「有。」

小六走進屋子，脫了衣服，隨意擦了下身子，換上乾淨的裡衣，鑽進乾淨、暖和的被窩。

十七進來，端了一碗熱肉湯，小六裹著被子，坐起來，小口小口地喝著熱湯，一碗湯下肚，五臟六腑都暖和了。

十七拿了毛巾，幫他擦頭髮，小六頭向後仰，閉上眼睛。

十七下意識地看他的脖子，沒有吻痕，不禁嘴角彎了彎。十七擦乾了他的頭髮，卻一時間不願意放手，從榻頭拿了梳子，幫小六把頭髮順開。

小六低聲說：「你不應該慣著我。如果我習慣，你離開了，我怎麼辦？」

「我不離開。」

小六微笑，許諾的人千千萬，守諾的人難尋覓。如果他只是十七，也許能簡單一些，可他並不是十七。

回春堂裡多了個女人桑甜兒，但一切看上去變化不大。

老木依舊負責灶頭，桑甜兒跟著他學做飯，但總好像欠缺一點天賦，串子的衣服依舊是自己洗，因為桑甜兒給他連著洗壞了三件衣服。甜兒和串子的小日子開始得並不順利，但甜兒在努力學習，串子對她感情正濃，一切都能包容體諒，兩人過得甜甜蜜蜜。

十七依舊沉默寡言、勤快幹活，小六依舊時而精力充沛，時而有氣無力。

夏日的白天，大家都怕熱，街上的行人也不多。

沒有病人，小六坐在屋簷下，搖著蒲扇，對著街道發呆。

一輛精巧的馬車駛過，風吹起紗簾，車內的女子，驚鴻一瞥，小六驚嘆美女啊！視線不禁追著馬車，一直看過去。

馬車停在珠寶鋪子前，女子姍姍下了馬車，珠寶鋪子的老闆俞信站在門口，畢恭畢敬地行禮問候。俞信在清水鎮相當有名望，不是因為珠寶鋪子的生意有多好，而是因為這條街上的鋪面都屬於他，包括回春堂的鋪面，老木每年都要去珠寶鋪子交一次租金。

清水鎮雖然是一盤散沙，可散而不亂，其中就有俞信的功勞，他們雖不是官府，卻自然而然地維護著清水鎮的規矩。從某個角度而言，俞信就是清水鎮的半個君王，所有人都尊敬地從下往上仰看著他。

所以，當他給人行禮時，並且是畢恭畢敬地行禮時，整條街上的人都震驚了。大家想議論，不敢議論，想看，不敢看，一個個都面色古怪，簡直一瞬間，整條長街都變了天。

小六不但震驚，還很關注，畢竟回春堂是他生活了二十多年的地方，他還打算繼續生活下去，他也很喜歡這條街上的老鄰居，不想有大的變故發生。

第二日，傳出消息，俞信好似要收回一些鋪子。

老木唉聲嘆氣，魂不守舍，串子和甜兒也惶惶然，屠戶高不知道從哪裡打聽的小道消息，特意跑來通知他們，因為回春堂距河近，還有一片地，俞信大老闆想收了回去。

老木氣得罵娘，當年他租下來時，只是一塊荒地，費了無數心血才把地養肥，可是在清水鎮的半個君王面前，他無力抗爭，也不敢抗爭，只能整宿睡不著地發愁。

小六喜歡水，不想離開這裡。所以，他決定去見清水鎮的半個君王俞信。

小六特意收拾了一下自己，十七留意到他那麼慎重，雖然不知道他想做什麼，但等他出門時，特意跟著。

小六去珠寶鋪子求見俞信，俞信聽說回春堂的醫師求見，命人把他們請了進去。

過了做生意的前堂，進了庭院。院子就普通大小，可因為布局得當，顯得特別大。小橋流水、假山疊嶂、藤蘿紛披、錦鯉戲水，用竹子營造出曲徑通幽、移步換景，更有一道兩人高的瀑布，嘩啦啦地落下，水珠像珍珠般飛濺，將夏日的炎熱滌去。

走進花廳，俞信端坐在主位上，小六恭敬地行禮，十七也跟著他行禮。

俞信端坐未動，只抬了抬手，示意他們坐。

小六道明來意：「聽說俞老闆要收回一些商鋪。」

俞信有著上位者冷血的坦率，「不錯，其中就包括回春堂。」

小六陪著笑說：「不管租給誰都是租，我的意思是不如繼續租給我們，至於租金，我們可以加，一切都好商量。」

俞信好似覺得小六和他談錢很好笑，微微笑著，看似客氣，眼中卻藏著不屑，「別說一個商鋪的租金，就是這整條街所有商鋪的租金都不值一提。」

小六不是做生意的料，被噎得不知道該說什麼，想了好一會，才又問：「那俞老闆把鋪子收回去想做什麼呢？」

俞信說道：「你在清水鎮二十多年了，我就和你實話實說，我只是個家奴，我家主上十分富有，別說一家商鋪，就是把整個清水鎮閒放著，也但憑心意。」俞信說完，不再想談，對下人吩咐：「送客！」

小六低頭慢慢地走著，無力地嘆了口氣，如果是陰謀詭計，他還能設法破解，可人家的鋪子，人家要收回，天經地義，他竟然一點辦法都沒有。

「站住！」一個女子的聲音突然從樓上傳來。

小六聽話地站住了，抬頭看，是那天看見在馬車裡的美貌女子。

十七卻沒有站住，還繼續往前走，那女子急跑幾步，直接從欄杆上飛躍下來，撲上去抱住十七，淚如雨下，「公子、公子。」

十七站得筆直僵硬，不肯回頭，女子哭倒在他腳下，「都說公子死了……可我們都不信！九年了！九年了……天可憐見，竟讓奴婢尋到了您！」

聽到女子的哭泣聲，俞信衝了出來，看到女子跪在十七腳邊，他也立即惶恐地跪了下來。

女子哭問：「公子，您怎麼不說話？奴婢是靜夜啊，您忘記了嗎？還有蘭香，您曾調笑我們說靜夜幽蘭香……俞信，趕緊給老夫人送信，就說找到二公子了……公子，難道您連老夫人也忘記了嗎……」

十七回頭，看向小六，短短幾步的距離卻變成難以跨越的天塹，漆黑的雙眸含著悲傷。

小六朝他笑得陽光燦爛，一步步的走了過去，想說點什麼，可是往日伶俐的口舌此刻竟乾澀難言，他只能再努力笑得燦爛一些，一邊笑著，一邊滿不在乎地打了個手勢——你慢慢處理家事，我走了！

小六走回了回春堂。

串子和甜兒去別處找房子了。老木無心做事，坐在石階上，唉聲嘆氣。

小六挨著老木坐下，默默地看向院子外。

老木呆呆地說：「住了二十多年，真捨不得啊！」

小六呆呆地說：「沒事了，咱們想租多久就租多久，就是不給租金也沒人敢收回去。」

老木呆了好一會，才反應過來，「你說服俞大老闆了？」

「算是吧。」

老木衝著老天拜拜，「謝天謝地！」

小六喃喃說：「你放心吧，我一定會陪著你，給你養老送終。你壽命短，我肯定陪著你到死，讓你不會孤苦伶仃，無人可倚靠，無人可說話，卻不知道誰能陪我死……」

老木用力搖小六，「又開始犯渾了！」

小六說：「老木，還是你靠得住啊！」

老木摸摸他的頭，「我家的小六是個好人，老天一定會看顧他。」

小六笑，用力地拍拍老木的肩膀，「幹活去。」

小六拎起鋤頭，去了藥田裡，迎著曝晒的太陽勞作。

流了一身臭汗，跳進河裡洗個澡後，小六又變得生龍活虎。

晚上，吃飯時，甜兒沒看到十七，驚異地問：「十七呢？」老木和串子都盯著小六。

小六微笑著說：「他走了，以後不用做他的飯了。」

老木嘆了口氣，「走了好，省得我老是擔著心事。」

串子和甜兒什麼都沒說，繼續吃飯。十七的話太少，串子一直都覺得他像是不存在，所以走了他也沒什麼感覺，甜兒剛來不久，更不會有什麼感覺。

晚上，小六順著青石小徑，穿過藥田，踱步到河邊。

沿著河灘，慢步而行。

有人跟在他身後，小六快他也快，小六慢他也慢。

水浪拍岸，微風不知從何處送來陣陣稻香，走著走著，小六的心漸漸寧靜了。

小六停了步子，他也停住。

小六回身，十七沉默地站著，還穿著白日的粗麻衣衫，卻顯然洗過，還有熏香味。

小六說：「我不喜歡你身上的味道。」

十七垂下了頭，小六微笑著說：「我還是比較喜歡藥草的味道，下次你來看我時，我給你個藥草的香囊吧。」

十七抬起了頭，眼眸中有星光落入，綻放著璀璨的光芒。

小六笑著繼續散步，十七快走了幾步，和他並肩而行。

從那之後，十七晚上總會穿著那身粗麻的衣衫，在河邊等小六。

兩人散步聊天，等小六累了時，小六回屋睡覺，十七離開。

日子好像和以前沒有什麼不同，只不過聊天的內容稍稍有些變化。

小六會問：「你以前有幾個婢女？」

「兩個。」

「你究竟有多少錢？」

「……」

「你當年……是因為爭錢財嗎？」

「嗯。」

「靜夜好看，還是蘭香好看？」

「……」

「還記得我以前給你說的那些草藥嗎？」

「嗯。」

「好好記住，那些草藥看著尋常，可稍微加點東西，卻不管是神還是妖都能放倒。」

「嗯。」

「你不是相柳那九頭妖怪，有九條命，可別亂吃東西。」

「好。」

「靜夜好看，還是蘭香好看？」

「……」

「貼身的人往往最不可靠，你多個心眼。」

「嗯。」

「還有……要麼不動手，隱忍著裝糊塗，如果動手，就要手起刀落、斬草除根，千萬別心軟。」

十七沉默不語。

小六嘆氣，「要實在鬥不過，你回來吧，繼續幫我種藥，反正餓不死你。」

十七凝視著小六，眼眸中有東西若水波一般蕩漾，好似要把小六捲進去。

第五章

信念永不棄

歷史的車輪已經滾滾向前……
他們卻依舊駐守在原地，高舉著雙臂，與歷史的車輪對抗。
他們是被時光遺忘的人，企圖逆流而上，但註定會被沖得屍骨粉碎。

老木去買菜了，串子去送藥了，桑甜兒在屋裡學習給串子做衣服。

沒有病人，小六趴在案上睡覺，一覺醒來，依舊沒有病人，他拍拍自己的頭，覺得不能再這麼發霉下去了，得找點事情。

小六決定去軒的酒鋪子喝點酒。

他背著手，哼著小曲，踱著小步。軒看到他，熱情地打招呼：「六哥，要喝什麼酒？」

小六找了個角落裡的位置坐下，也熱情地說：「軒哥看著辦吧。」

軒給他端一壺酒，還送了一小碟子白果。小六一邊東張西望，一邊剝著白果、喝著酒，這才看到對面的角落裡坐著一位衣衫精緻、戴著帷帽的公子，雖然看不見面容，身上也沒什麼貴重佩飾，可身姿清華、舉止端儀，令人一看就心生敬意。小六正歪著腦袋想清水鎮幾時來了這麼個大人物，一個秀美的奴僕匆匆進來，向端坐的公子行禮後，站在他身後，卻是靜夜女扮男裝。

小六這才反應過來，立即低下頭，專心致志地剝白果吃。

那邊的案上也有一碟白果，本來一顆沒動，此時，他也開始剝白果。剝好後，卻不吃，而是一粒粒整整齊齊地放在小碟子裡。

十七低聲說幾句話，靜夜行了一禮後離開。他走過來，坐在小六身旁，把一碟剝好的白果放在小六面前。

海棠出來招呼客人，軒坐在櫃檯後，一邊算帳，一邊有意無意地掃一眼小六和十七。

因為海棠，酒鋪子裡的生意好了起來，不少男人都來買酒，有錢的坐裡面，沒錢的端著酒碗，在外面席地而坐，一邊喝酒，一邊瞅海棠。

幾碗酒水下肚，話自然多。

整個清水鎮上的新鮮事情、有趣事情都能聽到，小六不禁佩服軒，這酒鋪子開得好啊！

「你們這算什麼大事啊？最近鎮子上真的發生了一件大事情！」

「什麼事？說來聽聽！」

「我來考考你們，除了軒轅、神農、高辛，大荒內還有哪些世家大族？」

「這誰不知道？首屈一指的當然是四世家，赤水氏、西陵氏、塗山氏、鬼方氏，除了四世家，中原還有六大氏，六大氏之下還有一些中小的世家，南邊的金天氏，北邊的防風氏……不過都不如四世家，那是能和王族抗衡的大家族。」

「塗山氏居於青丘，從上古至今，世代經商，生意遍布大荒，錢多的都不把錢當錢，據說連軒轅和神農的國君都曾向他們借過錢，是真正的富可敵國。今日和你們說的大事就是和這塗山氏有關。」

「怎麼了？快說、快說，別賣關子了！」

「我有可靠消息，塗山氏的二公子就在清水鎮！」

「什麼？不可能吧？」

「說起來這塗山二公子也是個了不得的人物，塗山家這一輩嫡系就兩個兒子，同父同母的雙生兄弟，可據說這二公子手段很是厲害，從小就把那大公子壓得死死，家族裡的一切都是他做主。」

「整個大荒，不管是軒轅，還是高辛都有人家的生意。你們想想那是多大的權勢富貴啊？這位塗山二公子，傳聞人長得好，琴棋書畫樣樣精通，言談風雅有趣，被稱為青丘公子，不知道多少世家大族的小姐想嫁他。塗山夫人左挑右選，才定下了防風氏的小姐。聽說防風氏的小姐從小跟著父兄四處遊歷，大方能幹，生得如花骨朵子一般嬌美，還射得一手好箭。」

「那塗山大公子卻是可憐，娶的妻子只是家裡的一個婢女，完全上不了檯面。」

「九年前，塗山氏打算給二公子和防風小姐舉行婚禮，喜帖都已送出，可婚禮前，塗山二公子突然得了重病，婚禮取消。這些年來，塗山二公子一直閉關養傷，不見蹤影，家族裡的生意都是大公子出面打理。」

「那防風小姐也是個烈性的，家裡人想要退婚，她居然穿上嫁衣，跑去了青丘，和塗山太夫人說『生在塗山府，死葬塗山墳』，把太夫人感動得直擦眼淚。這些年防風小姐一直住在塗山府，幫著太夫人打理家事。」

「我聽防風氏的人說，塗山二公子已經好了，塗山氏和防風氏正在商議婚期，都想儘早舉行婚禮。」

「塗山二公子現在就在清水鎮，我估摸著二公子想要重掌家族生意了。」眾人七嘴八舌，熱烈地討論著塗山二公子和塗山大公子將要上演的爭鬥，猜測最後究竟誰會執掌塗山家。

小六撥弄著碟子裡剩下的白果，把它們一會兒擺成一朵花，一會兒又擺成個月牙。他身旁的人，身子僵硬，手裡捏著個白果，漸漸地，變成了粉末。

小六喝了杯酒，嬉皮笑臉地湊過去，「喂，你叫什麼名字？以後見了面，裝不認識不打招呼說不過去，可再給我十個膽子，我也不敢叫你十七啊！就算你不介意，你媳婦也會給我一箭。」

十七僵硬地坐著，握緊的拳，因為太過用力，指節有些發白。

小六說：「你不說，遲早我也會從別人那裡聽說。我想聽你親口告訴我你的名字。」

半晌後，十七才艱澀地吐出了三個字，「塗山璟。」

「塗山……怎麼寫？」

璟蘸了酒水，一筆一畫地把名字寫給小六。小六笑嘻嘻地又問：「你那快過門的媳婦叫什麼？」

璟的手僵在案上。

小六微笑，「六年，我收留了你六年，你免我六年的租金，從此我們兩不相欠！」小六起身要走，璟抓住了他的胳膊。

小六拽了幾次，璟都沒有放手。小六第一次意識到，一貫溫和的十七其實力量很強大，足以掌控他。

軒走了過來，笑著問：「六哥要走了？」

小六笑著說：「是啊，你有你的大生意，我有我的小藥鋪，不走難道還賴著嗎？你那些事情，我可幫不上忙。」

璟鬆了力氣，小六甩脫他的手，把錢給了軒，哼著小曲，晃出酒鋪。

塗山二公子的出現，讓清水鎮更加熱鬧了，熙來攘往，權勢名利。

人人都在談論塗山二公子，連屠戶高都沽了酒，來和老木抒發一下感慨，說到他們西河街上的鋪子都屬於塗山家，屠戶高簡直油臉發光，很是自豪。串子和桑甜兒什麼都沒想，覺得那些人就是天上的星辰，和他們遙不可及，老木卻心中疑惑，拿眼瞅小六，看小六一臉淡然，放下心來，不可能，十七再怎麼樣也不可能！

小六不去河邊納涼了，他緊鎖院門，躺在晒草藥的草席上，仰望星空，一顆顆數星星。

「三千三百二十七……」

有白色的雪花，從天空優雅地飛落，小六發現自己竟然有點驚喜，忙收斂了笑意，閉上眼睛。

相柳居高臨下地看著他，「別裝睡。」

小六用手塞住耳朵，「我睡著了，什麼都聽不到。」

相柳揮揮手，狂風吹過，把席子刮得一乾二淨，他這才坐了下來，盯著小六。

小六覺得臉上有兩把刀刮來刮去，他忍、再忍，堅持、再堅持，終於不行了……他睜開眼睛，「大人不在山裡忙，跑我這小院子幹什麼？」

「你身邊的那個男人是塗山家的？」

「你說誰？麻子？串子？」小六睜著懵懂的大眼睛，真誠地忽閃忽閃。

「本來想對你和善點，但你總是有辦法讓我想咬斷你的脖子。」相柳雙手放在小六的頭兩側，慢慢彎下身子。星光下，他的兩枚牙齒變長、變尖銳，如野獸的獠牙。

小六說，「你真是越來越不注意形象了，上次妖瞳、這次獠牙，雖然我知道你是妖怪，可心裡知道是一回事，親眼看見卻是另一回事。你應該知道我們人啊，不管神族還是人族，都是喜歡表相、完全不注重內在的種族，連吃個飯都講究色香，娶媳婦也挑好看的，不像你們妖怪，只要夠肥夠嫩夠大就行……」

相柳的獠牙收回，拍拍小六的臉頰，「你最近又寂寞了？」

小六嘆氣，「太聰明的人都早死！不過你不是人，是妖怪……恐怕更早死！」

相柳的手掐著小六的脖子，用了點力，問：「那個男人，就是每次我出現，你都要藏起來的那個，是不是塗山家的老二？」

小六想，我說不是，你也不會信啊，「是。」

「很好。」相柳放開了他。

小六看到他的笑容，全身起雞皮疙瘩，「我和他不熟，你有事自己去找他。」

「我和他更不熟，我和你比較熟。」

小六呵呵地乾笑，「妖怪講笑話好冷啊！」

相柳說：「這段日子酷熱，山裡爆發了疫病，急需一批藥物，讓塗山璟幫我們弄點藥。」

小六騰地坐了起來，「憑什麼？你以為你是誰啊？」

相柳笑看著小六，「就憑我能吃了你。」

「我寧可你吃了我，也不會去找他的。」

相柳好整以暇，「你想不想知道塗山家老大是什麼樣的人？九年前，他可是讓塗山璟在婚禮前突然消失。如果我聯繫塗山家的老大，讓他幫我弄藥，我替他殺人，那位青丘公子活下去的機會有多大？」

小六咬牙切齒地說：「難怪你在軒轅賞金榜上位列第一，我現在很想用你的頭去換錢。」

相柳大笑，竟然湊到小六眼前，慢悠悠地說：「我有九顆頭，記得把刀磨鋒利一點。」

小六瞪著他，兩人鼻息可聞。

一瞬後，小六說：「他幫了你，能有什麼好處？」

相柳慢慢地遠離了小六，「山裡的事情不忙時，偶爾我也會做做殺手，還算有名氣，如果塗山大公子找我殺他，我會拒絕。如果他考慮殺塗山大公子，我會接。」

「他剛回去，不見得能隨意調動家中的錢財和人。」

「你太小看他了！一批藥而已，於他而言，實在不算什麼。塗山家什麼生意都做，當年經他手賣給神農的東西比這危險的多了。」

小六問：「那你這次怎麼不直接找塗山家去買？」

相柳冷冷地說：「沒錢！」

小六想笑卻不敢笑，怕激怒相柳，抬頭看星星，「你是妖怪，為了不相干的神農，值得嗎？」

相柳笑，「你能無聊地照顧一群傻子，我就不能做一些無聊的事？」

小六笑起來，「也是，漫長寂寞的生命，總得找點事情瞎忙活。好吧，我們去見他。」

小六站起來，要往前堂走，相柳揪著他的衣領子把他拽回來，「他在河邊。」

小六和相柳一前一後，走向河邊。

璟聽到腳步聲接近時，驚喜地回頭，可立即就看到小六身後有一襲雪白的身影，張狂肆意、纖塵不染。

相柳走到河邊，負手而立，眺望著遠處。

小六和璟面面相對，小六有些尷尬，微微地咳了一聲，「你近來可好？」

「好。」

「靜夜可好？」

「好。」

「蘭……」

相柳冷眼掃了過來，小六立即說：「我有點事情要麻煩你。」

璟說：「好。」

「我要一批藥物。」

相柳彈了一枚玉簡，小六接住，遞給瑲，「這裡面都寫得很清楚。」

「好。」

「等藥物運到清水鎮了，你通知我，相柳會去提取。」

「好。」

這生意就談完了？怎麼好像很簡單？小六說：「我沒錢付你，你知道的吧？」

瑲低垂著眼說：「你，不需要付錢。」

小六不知道還能說什麼，只能拿眼去看相柳，相柳點了下頭，小六對瑲說：「那……謝謝。我、我說完了。」

瑲提步離去，從小六身邊走過，暗啞的聲音蕩在晚風中，「以後，不要說謝謝。」

小六默默站了會兒，對相柳說：「我回去睡覺了，不送！」

相柳拽著他的衣領子，把他提了回去，「在我沒拿到藥物前，你跟著我。」

毛球飛落，小六跳上鵰背，滿不在乎地笑，「好啊，最近新煉了毒藥，正好試試。」

毛球馱著他們進入蒼蒼鬱鬱的深山。小六閉上眼睛，提醒相柳，「你考慮清楚，我這人怕疼，沒氣節，牆頭草，將來軒轅如果捉拿住我，我肯定會比較痛快地招供。」

相柳沒說話。

小六索性抱住毛球的脖子睡覺。

睡得迷迷糊糊時，感覺到毛球在下降。

相柳拽著他，躍下了鵰背，「睜開眼睛。」

「不！」小六抓住相柳的手，緊緊地閉著眼睛，「我不會給你日後殺我的理由！」

相柳的手僵硬了一下，小六冷笑。

相柳走得飛快，小六拽著他的手，跌跌撞撞地走著，直到走進營地，相柳說：「好了，已經進了營地，都是屋子，只要你別亂跑，不可能知道此處的位置。」

小六睜開了眼睛，一個個的木屋子，散落在又高又密的樹林裡。有的屋子大、有的屋子小，樣子都一模一樣，從外面看，的確什麼都看不出來。周圍都是高高的樹，如海一般無邊無際，只要別四處勘察，也看不出到底在哪裡。

相柳走進一間木頭屋子，小六跟進去，四處打量，裡面非常簡單，一張窄榻，榻前鋪著獸皮拼接成的地毯。榻尾放了個粗陋的杉木箱子，應該是用來裝衣物的。獸皮毯子上擺著兩個木案，一個放了些文牘，一個放了一套簡易的煮茶器具。

作為義軍的重要將領，日子竟然過得如此簡陋清苦，小六暗嘆了口氣，真不知道這九頭妖怪圖個什麼？

萬籟俱寂，天色黑沉，正是睡覺的時候。相柳自然是在榻上休息，小六自覺地主動裹被子，在獸皮地毯上蜷縮著睡了一晚。

第二日，一大清早，相柳就離開了。小六摸上榻，繼續睡覺。

外面不時傳來整齊的呼喝聲，剛開始聽覺得還挺有意思，聽久了，小六只恨自己不是聾子。一日又一日，一年又一年，枯燥的操練，看似無聊，可無聊卻是為了讓寶刀不鏽、士氣不散。但他們的堅持有意義嗎？士兵的意義在於保衛一方江山、守護一方百姓，可他們躲在山中，壓根沒有江山可保、百姓可守。

小六忽然有點敬佩相柳，妖怪都天性自由散漫，不耐紀律，以相柳的狂傲，肯定更不屑，但他收起了狂傲散漫，規規矩矩地日日做著也許在他心裡最不屑的事情。

相柳練完兵，回到木屋。

小六正坐在案前，動手招待自己。茶罐子裡的東西很是奇怪，他一邊感慨生活真艱苦啊，一邊毫不在意地扔進水裡，煮好了疑似茶水的東西。

相柳倚著榻坐在獸皮地毯上，似乎在等著看小六的笑話，沒想到小六只是在入口的一瞬，瞇了瞇眼睛，緊接著就若無其事地把一小碗熱茶都喝了。

相柳說：「我現在真相信你被逼著吃過很多噁心古怪的東西。」

小六笑咪咪地說：「我從來不說假話，我只是喜歡說廢話。」

相柳說：「茶喝完後，我順手把用來熏蟲的藥球丟進了茶罐子裡，據說是某種怪獸的糞便。」

小六的臉色變了，卻強逼自己雲淡風輕。相柳輕聲笑起來，是真正的愉悅。

小六看著他冷峻的眉眼如春水一般融化，想留住這一刻。

士兵在外面奏報：「相柳將軍，又有兩個士兵死了。」

相柳的笑聲戛然而止，立即站起來，走出屋子。

小六猶豫了一會，走到門口去看。

清理出的山坡上，兩具屍體擺放在柴堆中。

看到相柳走過去，幾百多個士兵莊嚴肅穆地站好，相柳先敬了三杯酒，然後手持火把，點燃柴堆。

熊熊火光中，男人們浸染了風霜的臉龐因為已經看慣生死，沒有過多的表情，但低沉的歌聲卻訴說著最深沉的哀傷：

此身托河山，生死不足道。
一朝氣息絕，魂魄俱煙消。
得失不復知，是非安能覺？
千秋萬歲後，榮辱誰知曉？[7]

7該章中哀歌的後兩句話，用自陶淵明的《擬挽歌詞》。

士兵們的歌聲並不整齊，三三兩兩，有起有落，小六聽上去，就好像他們在反覆吟哦：此身托河山，生死不足道。一朝氣息絕，魂魄俱煙消。得失不復知，是非安能覺？千秋萬歲後，榮辱誰知曉？

雖然的確是黃帝霸占了神農的疆土，可神農國已經滅亡，百姓們只要安居樂業，並不在乎誰做君王，甚至已經開始稱頌黃帝的雄才偉略、寬厚仁慈，根本不在乎這些堅持不肯投降的士兵的得失是非，千秋萬歲後，也壓根沒有人知道他們的榮辱。

只要放棄，只要肯彎腰低頭，他們可以有溫柔的妻子、可愛的孩子，甚至享受黃帝賜予的榮華富貴，可是他們依舊堅定地守護著自己的信念，堅持著很多人早就不在乎的東西，甚至不惜為這份堅持獻上生命。

歷史的車輪已經滾滾向前，他們卻依舊駐守在原地，高舉著雙臂，與歷史的車輪對抗。他們是被時光遺忘的人，他們企圖逆流而上，但註定會被沖得屍骨粉碎。

小六知道他們很傻，甚至覺得很可悲，但是又不得不對他們肅然起敬。

這一瞬，小六突然明白了為什麼上次他嬉笑著對相柳說，共工做的事很沒有意義，他應該出賣共工，投誠黃帝時，相柳勃然大怒。這世間，有些精神可以被打敗，可以被摧毀，但卻永不可以被輕蔑嘲弄！

相柳慢步歸來，蒼涼哀傷的歌聲依舊在他身後繼續。

小六靠著門框，看著他白衣白髮，纖塵不染地穿行在染血的夕陽中。

相柳站定在小六身前，冰冷的眉眼，帶著幾分譏嘲，卻不知道是在譏嘲世人，還是譏嘲自己。

小六突然對他作揖鞠躬，「我為我上次說的話，向你道歉。」

相柳面無表情，進了屋子，淡淡說：「如果能儘快弄到藥，至少讓他們可以多活一段日子，他們是戰士，即使要死，也應該死在黃帝的軍隊前。」

小六安靜地坐在角落裡，開始真心希望璟能儘快拿到藥。

兩日後，相柳帶小六離開了軍營，去清水鎮。

璟站在河邊，看著並肩而立的相柳和小六，乘著白鵰，疾馳而來。

小六跳下大鵰，急切地問：「藥到了？在哪裡？」

璟看著相柳，說道：「將軍要的藥已齊全，在清水鎮東柳街左邊第四戶的地窖裡放著。將軍自可派人去拿。」

相柳點了下頭，大鵰盤旋上升。

小六不想面對璟，只能仰頭看相柳，目送著他漸漸地消失在雲霄中。等相柳走了，小六依舊不知道該和璟說什麼，只能繼續看著天空，一副極度依依不捨的樣子。

脖子都瘦了，小六終於收回目光，笑咪咪地去看璟，他依舊穿著離開那日的粗麻布衣裳。

小六輕輕咳嗽了兩聲，「弄那些藥麻煩嗎？」

璟搖了下頭。

小六問：「你什麼時候離開清水鎮？」

「不離開。」他凝視著小六的雙眸中有溫柔的星光。

小六歪著頭笑起來，「那你的未婚妻要過來了？」

他垂下了眼眸，緊緊地抿著唇。

小六說：「我回去了。」從他身邊走過，快步走進藥田，也不知道踩死了幾株藥草。

小六深吸口氣，用力推開院門，歡快地大叫：「我玟小六回來了！」

半夜裡，小六睡得正香時，突然驚醒。

相柳站在他的榻旁，白衣白髮，可是白髮有點零亂，白衣有點汙漬。

「你又受傷了？」

小六嘆氣，坐起來，非常主動地把衣服領子往下拉了拉。相柳也沒客氣，擁住小六，低頭在他脖子上吸血。

小六調笑，「你倒是幸運，有我這個包治百病的藥庫，可你的那些……」小六反應過來，「你拿到藥了嗎？難道有人去伏擊你？」

相柳抬起了頭，「沒有。塗山家有人洩露了藏藥的地點。」

「不會是塗山璟！」

「我知道不是他。」

「那是誰？」

「我怎麼知道？你該去問他！」

「知道是誰打劫了藥嗎？」

「不知道。」

「你怎麼什麼都不知道？」

「和上次讓我受傷的是同一批人，但上次那批人來得詭異，消失得也詭異，我懷疑山裡有內奸，但一直沒查出頭緒。」

小六用手拍額頭，簡直想仰天長嘆，「不用那麼熱鬧吧！」

相柳是何等精明的人，立即看出異樣，「難道你知道是誰？」

小六苦笑，「你先讓我冷靜冷靜。」

相柳掐住他的脖子，「事關上千戰士的性命，這不是你的寂寞遊戲！」

小六伸出手，一邊伸手指計時，一邊思量，十下後，他做了決定：「是街頭酒鋪子的軒。」

相柳放開了他，轉身就要走，小六牢牢地抓著他，「不能硬搶，他手下的人很多，而且他們應該和塗山氏的關係很深，如果真鬧大了，塗山氏只會幫他們。」

相柳甩開了他，小六說：「我有辦法能兵不血刃地搶回藥。」

相柳停住腳步，回身。

小六跳下榻，一邊穿外衣，一邊說：「軒有個妹妹，叫阿念，軒十分精明，也十分在意這個妹妹，打軒的主意不容易，抓阿念卻不難。用阿念去換藥，我們拿回藥，軒得回妹妹，大家也就不用打了。」

相柳思索了一瞬，說道：「可行。」

兩人出了院子，小六說：「你去引開軒，我去捉阿念。」

「我的人手不多，只能給你四個。」

「你該不會把人都給我吧？我留兩個就行了，你有傷，軒可不好對付。」

相柳不理他，躍上了毛球，有四個戴著面具的男子駕馭坐騎出現，相柳對他們下令，「在我沒回來之前，一切聽他命令。」

「是！」四人齊齊應諾，一個男子飛落，把小六拽上坐騎，又齊齊飛上了雲霄。

相柳策毛球離去，小六叫：「九頭妖怪，別死啊！」也不知道相柳有沒有聽到，鵰和人很快就消失不見。

小六看身邊的四人，面具遮去了他們面容，沒有任何表情流露，只有一雙堅定的眼眸，期待地看著他。

小六問他們：「你們熟悉周圍的地形嗎？」

「非常熟悉。」

小六邊比邊劃地開始下令。

「明白了嗎？」

「明白！」

「好，待會見。」

小六去酒鋪的後門，邊敲門邊小聲叫：「軒哥，軒哥兒……」他當然知道軒不在，只是想叫醒屋裡的人。

海棠走了出來，「三更半夜不睡覺，有什麼事嗎？」

小六不屑地說：「滾一邊去，我找軒哥，可沒找妳。」

海棠怒氣上湧，可畢竟是婢女，不敢說什麼。屋子裡的阿念不滿了，走出來，「賤民！你再不滾，我就不客氣了！」

「妳對我不客氣？我還對妳不客氣呢！如果不是看在軒哥的面子上，我早抽妳十個八個耳光了。臭婆娘，醜八怪，尤其一雙眼睛長得和死魚一樣。」

一輩子從沒被人如此辱罵過，阿念氣得身子都在抖，「海棠，打死他。打死了，表哥責怪，有我承擔。」

「是！」海棠立即應諾。

小六拔腿就跑，「我得給軒哥面子，有本事到外面來。阿念，妳真有本事，就別叫婢女幫忙，自己來啊！」

「反了！真的反了！」阿念都顧不上招呼海棠，拔腳就開始追小六，「我就自己動手！」

小六罵，阿念追。

小六只把市井裡的罵人話挑那最輕的說了一遍，阿念已經氣得要瘋狂。快氣暈的她壓根就沒注意到護在她身後的海棠突然昏了過去，一個面具人立即把她捆綁了，悄悄帶走。

小六引著阿念越跑越偏僻，等阿念覺得不對勁，大叫海棠時，卻沒有人回應她。

阿念膽色倒很壯，絲毫不怕，雙手揮舞，水刺鋪天蓋地地朝小六刺去。戴著面具的男子擋在小六面前。

三個人對付一個，完勝！

阿念被捆得結結實實，丟在坐騎上。

在阿念的罵聲中，一行人趕往和相柳約定的地點。

到了山林中，海棠暈在地上，四個面具男人散開，把守在四方。

小六抱起阿念，阿念破口大罵：「放開我，再不放開我，我就剁掉你的手！」

小六立即聽話地放開了，撲通——阿念摔在地上。

阿念罵：「你居然敢摔我！」

小六說：「是你讓我放開妳。」

阿念罵：「誰讓你抱我的？」

「因為妳被綁著，我不抱妳，難道扔妳？」

阿念氣鼓鼓地不說話。

小六蹲下，笑問：「尊貴的小姐，是不是一輩子都沒被綁過，滋味如何？」

阿念竟然還是不怕，反而像看死人一樣看著小六，「你簡直是自尋死路。」

小六覺得越來越崇拜阿念的父母，勸道：「妹子，認清楚形勢，是妳被我綁了。」

阿念冷笑，「表哥很快就會找到我，他會非常非常生氣，你會死得非常非常慘！」

小六雙手托著下巴，看著珍稀物種阿念，「妳對妳的表哥很有信心嗎？」

「當然，父……父親從來不誇人，卻誇獎表哥。」

「妳父母很疼愛妳？」

「廢話！我父母當然疼愛我了！」

「妳身邊的人都疼愛妳？」

「廢話！他們怎麼敢不疼愛我？」

小六明白了阿念的珍稀，在她的世界，一切都是圍繞她，她所求所要，無不滿足。在阿念的世界，沒有挫折、沒有陰暗。想到軒對阿念的樣子，不知為什麼，小六突然覺得自己有些嫉妒阿念，阿念這姑娘很不討人喜歡，可是如果可以，恐怕每個姑娘都願意被寵得天真到無恥，飛揚到跋扈。那需要非常非常多的愛，需要有很愛很愛她的人，為她搭建一個只有陽光彩虹鮮花的純淨世界，才能養成這種性格。

如果可以一輩子一帆風順、心想事成，誰樂意承受挫折？誰樂意知道世事艱辛？誰又樂意明白人心險惡？

小六坐在地上，柔聲問：「阿念，妳的父母是什麼樣子？」

阿念瞪小六一眼，不說話，可因為內心的得意，又忍不住想說：「我父親是天下最英俊、最厲害的男人。」

小六打趣她，「那妳表哥呢？」
「我表哥當然也是。」
「兩個都是最？誰是第一？」
「你笨蛋！父親是過去，表哥是將來！」
「妳父親平時都會和妳做什麼？」小六沒有父親，他好奇父女之間是如何相處。
阿念還沒來得及回答，相柳回來了。
相柳從半空躍下，戴著銀白的面具，白衣白髮、纖塵不染，猶如一片雪花，悠然飄落，美的沒有一絲煙火氣息。
面具人上前低聲奏報，相柳聽完，吩咐幾句，他們帶著海棠離開了。
阿念一直好奇地盯著戴著面具的相柳，竟然看得呆呆愣愣，都忘記了生氣。
小六低聲調笑，「想知道面具下的臉長什麼樣子嗎？可絕不比妳表哥差哦！」
阿念臉上飛起紅霞，嘴硬地說：「哼！誰稀罕看！」說完，立即閉上了眼睛，表明你們都是卑鄙無恥的壞人，我不屑看，也不屑和你們說話。
相柳盤腿坐在幾丈外的樹下，閉目養神。
小六走過去，問：「你還好嗎？」
「嗯。」
「要不要療傷？」

「你應該知道我療傷時的樣子，等事情結束。」

「等軒把藥送給你的手下，我帶阿念回去，你自個找地方療傷。」

相柳睜開了眼睛，「你知道軒的真正身分嗎？」

小六搖頭，「他身上的市井氣太重了，不像是那些世家大族的嫡系子弟，但又非常有勢力，這可需要雄厚的財力物力支援，不是世家大族很難做到。」

相柳微笑，「我倒是約略猜到幾分。」

「是誰？」

「我要再驗證一下。」

「哦——」

「如果真是我猜測的那個人，你恐怕要凶多吉少了。」

「呃——為什麼？」

「聽聞那人非常護短，最憎恨他人傷害自己的親人，你綁了他妹妹，犯了他的大忌，他肯定要殺你。這次是我拖累了你，在我除掉他之前，你跟在我身邊吧。」

「不！」

「你不信我的話嗎？」

「信！殺人魔頭都認為我有危險，肯定是有危險。不過，你覺得我是躲在別人背後，等風暴過去的人嗎？」

相柳挑眉而笑，「隨便你！不過——」他輕輕地掐了掐小六的脖子，「別真的死了！」

毛球幻化的白鳥落下，對相柳鳴叫。相柳撫了牠的頭一下，對小六說：「已經收到藥材，安全撤離了。」

小六站起，大大的伸了個懶腰，「我送人回去，就此別過，山高水長，後會有期。如果無期，你也別惦記。」

相柳淡笑，「我惦記的是你的血，不是你的人。」

小六哈哈大笑，解開阿念腳上的妖牛筋，拽著阿念，在阿念的怒罵聲中揚長而去。

小六邊走邊琢磨該怎麼應付軒。

仔細地、從頭到尾地回憶了一遍從認識軒到現在的所有細節，他發現完全不瞭解這個人。這人戴著一張徹頭徹尾的面具，別人的面具能看出是面具，但他的面具就好像已經長在了身上，渾然一體、天衣無縫。老木、屠戶高、麻子、串子都喜歡他，覺得和他很親近、能聊到一起去，春桃和桑甜兒也喜歡他，覺得他模樣俊俏，風趣大方，小六捫心自問，不得不承認，他也蠻喜歡軒，聰明圓滑，凡事給人留三分餘地，可實際上，軒的性格、喜好、行事方式……小六完全看不出來。唯一知道的弱點大概就是很護短，不管妹妹做了什麼，都希望別人讓著他妹妹。寧可自己彎腰，也不讓妹妹道歉。

小六越想越頹然，天下怎麼會有這樣的人？到底經歷過什麼，才能有這麼變態的性格？

小六對阿念說：「我好像真的有點怕妳表哥了。」

阿念驕傲地撇嘴，「現在知道，晚了！」

小六笑咪咪地盯著阿念，阿念覺得腳底下竄起了寒意，「你、你想幹什麼？」

小六把阿念壓坐到地上，在身上東摸西抓，拿出一堆藥丸、藥粉，仔細挑選了一番，掐著阿念的嘴，把三個藥丸、一小包藥粉，灌進了阿念嘴裡。

阿念不肯吃，小六一打一拍再一戳，阿念不得不吞了下去，「你、你、你給我餵了什麼？」

小六笑咪咪地說：「毒藥。妳身上戴著避毒的珠子，我不相信妳內臟中也戴著避毒珠。」

小六又拔下阿念頭上的簪子，蘸了點藥粉，在阿念的手腕上扎了兩下。阿念的眼淚滾了下來，她一輩子沒見過像小六這樣無賴又無恥的人。

小六自言自語，「我不相信妳血液裡也會戴避毒珠子。」

小六想了想，用簪子又蘸了點別的藥粉，居然去摸阿念的背，「保險起見，再下一種毒藥，妳的靈力是水靈屬性的冰系，對吧？這次我得找個刁鑽的穴位。」小六的手左掐掐、右捏捏，從阿念的肩頭一直摸到了腰。

阿念畢竟是個少女，從沒有被男人這麼摸過，從出生到現在，第一次有了害怕的感覺。她哭泣著躲，「我會殺了你！我要殺了你！」

小六不為所動，在阿念的背上找了幾個穴位，用簪子輕輕地扎了一下，並不很疼，可阿念只覺痛不欲生，如果可以，她真想不僅僅剁去小六的手，還要剝掉自己背上的皮。

小六為阿念插好簪子，整理好裙衫，「走吧，妳表哥要我死，我就拉妳一塊死。」

阿念抽抽噎噎地哭泣，一動也不肯動。小六伸出手，在她眼前晃晃，「難道妳還想讓我在妳胸上找穴位？」

阿念哇的一聲，放聲大哭起來，一邊哭，一邊跌跌撞撞地跟著小六走。

小六聽著她的大哭聲，認真反思，我是不是真的太邪惡？把小姑娘欺負成這樣了？

沒等他反思出結果，一群人飛縱而來，領頭的是軒。

「表哥——」阿念一頭栽進軒的懷中，嚎啕大哭。

小六被一群蒙面人圍在了正中間。軒並不著急處理小六，而是輕拍阿念的背，柔聲安慰著阿念。

阿念哭得上氣不接下氣，臉都漲得通紅。

半晌後，阿念的哭聲才轉小，抽抽搭搭地低聲回答著軒的問話，說到小六給她下毒時，軒問她小六究竟扎了她哪裡，阿念的哭聲又大了起來，不肯回答軒的問題。

雖然阿念一句話沒說，可她的哭聲已經說明了一切。

軒眼神鋒利，盯向小六。小六撫摸了一下手臂上的雞皮疙瘩，努力保持著一個很有風度的笑容。

軒下令：「把他關好。留著他的命。」

「是！」

軒帶著阿念離開，蒙面人打暈小六，也帶著小六離開了。

小六醒來時，發現自己置身於密室。

沒有任何自然光，只石壁上點著兩盞油燈。小六猜想著是在地下，很保密，也很有隔音效果，是個十分適合實施酷刑逼問的地方。

兩個蒙面人走了進來，小六想叫，卻發不出聲音。

高個子說：「主上說留著他的命。」

矮個子說：「意思就是我們要好好招呼他，只要不死就行。」

高個子說：「從哪裡開始？」

矮個子說：「手吧，讓他不能再給人下毒。」

兩人拿出了刑具，是一個長方形的石頭盒子，像個小棺材，蓋子像是枷鎖，可從中間打開，合攏後上面有兩個手腕粗細的圓洞。

高個子拿出一盒臭氣熏天的油膏，仔細地給小六的手上抹了薄薄一層油膏，把他的雙手放入石頭盒子裡，石頭小棺材的下面是一層油膩膩的黑土，被油膏的氣味刺激，剎那間鑽出了好多像蛆一樣的蟲子，向著小六的手奮力蠕動過去。

矮個子把蓋子左右合攏，嚴嚴實實地罩上，又拿出個木頭塞子，掐著小六的嘴巴，把塞子塞進嘴裡，用布條仔細封好。

高個子說：「盒子裡養的是屍蛆，牠們喜歡吃死人肉。」

矮個子說：「給你手上抹的油膏是提煉的屍油，讓牠們明白你的手可以吃。」

高個子說：「牠們會一點點鑽進你的肉裡，一點點地吃掉你手上的肉。」

矮個子說：「牠們的速度不會太快，恰好能讓你清晰地感受到自己被啃噬的感覺。」

高個子說：「十指連心，啃骨噬肉，萬痛鑽心，有人甚至會企圖用嘴咬斷自己的手腕，結束那種痛苦。」

矮個子說：「所以，我們必須堵住你的嘴。」

高個子說：「五日後，當蓋子打開，你會看到兩隻只剩下骨頭，乾淨得像白玉石一般的手。」

矮個子說：「我們應該滅掉油燈。」

高個子說：「對，黑暗中，他的感覺會更清晰。而且黑暗會讓時間延長，痛苦也就加倍了。」

矮個子說：「上次，我們這麼做時，那個人瘋掉了。」

高個子說：「希望你不會瘋。」

高個子和矮個子滅了油燈，提著燈籠走了出去。

當最後的光消失時，雖然一團漆黑，小六依舊努力地睜大眼睛，因為他知道那兩人說的都很正確，唯一不讓自己發瘋的方法就是不能閉上眼睛。

小六感覺到指尖的痛楚，好似有蛆蟲鑽進身體，一點點啃噬著心尖。

小六開始在心裡和自己說話，想起什麼就說什麼，痛苦的黑暗中，浮現在腦海中的畫面卻明媚絢爛。

火紅的鳳凰花開滿枝頭，秋千架就搭在鳳凰樹下，她喜歡蕩秋千，哥哥喜歡練功。她總喜歡逗他，「哥哥、哥哥，我蕩得好高……」哥哥一動不動，好像什麼都聽不到，可當她真不小心跌下去時，哥哥總會及時接住她。

碧綠的桑林裡，她喜歡捉迷藏，藏在樹上，看著哥哥走來走去找她，等他不提防間，跳到他背上，哈哈大笑，耍賴不肯走，讓哥哥背著回去。娘看了嘆氣搖頭，外婆卻說，不和妳小時候一樣嗎？

依偎在外婆身邊，和哥哥用葉柄拔河，誰輸了就刮誰的鼻頭。她每次都會重重地刮哥哥，輪到自己輸了，卻輕聲哀求，「哥哥，輕點哦！」哥哥總是會惡狠狠地抬起手，落下時，卻變得輕柔。

紅衣叔叔把斬斷的白狐狸尾巴送給她玩，哥哥也喜歡，她卻只允許他玩一小會。每次玩都要有交換，哥哥必須去幫她偷冰椹子，有一次吃多了，拉肚子，被娘狠狠訓斥了一頓。她覺得委屈，和哥哥說：「你學會做冰椹子吧，學會了我想吃多少就吃多少，不要娘和外婆管！」哥哥答應了，也學會了，卻不肯給她做，只說：「等妳將來長大了，吃了不肚子疼時再給妳做。」

外婆的身體越來越虛弱，娘整夜守著外婆，顧不了她和哥哥。他們說舅舅和舅娘死了，外婆也要死了，她害怕，晚上偷偷鑽進哥哥的被窩。她輕聲問：「什麼是死亡？」哥哥回答：「死亡就是再也見不到了。」「也不能說話了？」「不能。」「就像你再也見不到你爹娘了？」「嗯。」「外婆是要死了嗎？」哥哥緊緊地抱著她，眼淚落在她的臉上，她用力回抱著他，「我永遠不死，我會永遠和你說話。」

所有人都說哥哥堅強，連外公也認為哥哥從不會哭泣。可她知道哥哥會哭的，但她從沒告訴娘，她常常在深夜偷偷鑽進哥哥的被窩，陪著他，即使第二天早晨，娘訓她，說她這麼大了，還不敢一個人睡，要去纏著哥哥，打擾哥哥休息。她什麼都不說，只噘嘴聽著，到了晚上，依舊會溜去找哥哥。

白日，哥哥堅強穩重勤奮好學，可只有她知道，哥哥夜半驚醒時，會蜷縮在被子裡，身子打顫，她知道他又看到娘親用匕首自盡的場面了。她總會像抱著自己的木偶娃娃一樣抱住哥哥，輕輕地拍他，低聲哼唱著娘和舅娘哼唱的歌謠，哥哥的眼淚會無聲地滑下，有一次她還嘗了哥哥的眼淚，又鹹又苦。

有一次哥哥又做了噩夢，卻強忍著不肯落淚，她擁著他急急地說「哥哥，你哭啊！你快點哭啊！」哥哥問她「他們都讓我不要哭，妳為什麼總要我哭？妳知不知道我不應該哭？」她抽著鼻子說「我才不管他們說的應該不應該，我只知道你心裡苦，淚水能讓心裡的苦流出來，苦流出來了心才會慢慢好起來」。

她去玉山前的那一夜，哥哥主動要求和她一起睡。她睡得迷迷糊糊時，感覺到哥哥在抱她，她的臉上有淚珠滑落，她以為他又做噩夢了，反手拍著他「不怕、不怕，我陪著你」，哥哥卻一遍遍說「對不起、對不起，是我太沒用了，我會很快長大的，我一定會保護妳和姑姑，一定會去接妳……」

漆黑的黑暗，不知道時間的流逝，小六只是在心裡絮絮叨叨地和自己說話，幾次都痛得忘記說了什麼，可每一次，她又憑著恐怖的堅韌，繼續和自己說話。

也不知道過了多久，小六只記得她都開始和自己嘮叨烤魚的方法，總結出三十九種方法，共計一百二十七種香料。

門吱呀呀打開，燈籠的光突然亮起。因為在黑暗中太長時間，燈籠的光對小六而言都太明亮刺眼，小六閉上了眼睛。

高個子說：「他的表情……和我以前見過的不一樣。」

矮個子說：「他很奇特。」

高個子打開盒子，矮個子解開了小六，取下小六嘴裡的木頭塞子。高個子清理小六的手，小六痛苦地呻吟，恍恍惚惚中好像聽到十七的聲音，緊繃著的那根線斷了，痛得昏死過去。

小六再睜開眼睛時，依舊是黑暗，可她感覺到自己穿著乾淨的衣衫，躺在柔軟的榻上。身旁坐著一個人，小六凝神看了一會，才不太相信地叫：「十七，璟？」

「是我。」

「窗戶。」

璟立即起身，推開了窗戶，山風吹進來，小六深深地吸氣。

璟點亮燈，扶著小六坐起。小六低頭看自己的手，包得像兩顆大粽子，恐怕傷勢慘重，應該抹了上好的止痛藥，倒沒覺得疼。

璟端了碗，餵小六喝肉糜湯。小六餓慘了，卻不敢大口吃，強忍著一小口、一小口地喝著。

喝完肉湯，璟又倒了一顆藥丸給小六，「含化。」

小六含著藥丸，打量四周，很粗糙簡單的木頭屋子，地上鋪著獸皮，很是熟悉的風格，小六驚詫地問：「我們在神農義軍中？」

「我找相柳將軍，請他幫我救你。相柳帶人襲擊軒，我去地牢救你。」從和相柳交涉，到查出地牢，計畫救人，整個過程肯定很曲折，可是璟只用簡單的兩句話就交代了。

小六說：「其實，你根本不用來救我。」

璟說：「我待會要回清水鎮，你把阿念的解藥給我。」

小六說：「她壓根沒中毒！阿念那派頭，一看就知道肯定不缺好醫師，我琢磨著不管下什麼毒都有可能被解掉，索性故弄玄虛，她身邊的人很寶貝她的命，即使醫師怎麼查都查不出名堂，可只會越來越緊張，這樣才能讓軒暫時不敢殺我。」

「你──」璟無奈地看他的手，眼中是未出口的痛惜。

小六眼珠子骨碌碌地轉，「那個……故弄玄虛只能暫時保命，所以……我是沒給阿念下毒，可我給軒下毒了。」

璟詫異震驚地看著小六。

「我的毒是下在阿念的身上，軒抱著她，拍啊、摸啊、安慰啊……那毒進入身體很慢，可一旦融進了血脈中，卻很難拔出。以阿念的性子，這幾日肯定每日哭哭啼啼，軒忙著安撫她，肯定不會想到我是衝著他去的。」

「你給他下的是什麼毒？」

小六心虛地說：「其實，不算是毒，應該說是──蠱。」施蠱之術曾是九黎族的秘技，幾百年前，九黎族曾出過一位善於驅蠱的巫王，被大荒稱為毒王。蠱術獨立於醫術和毒術之外，上不了檯面，被看作妖邪之術，聽說過的人有，但真正瞭解的人卻不多。

小六解釋，「簡單地說就是我在我身體裡養了一種蠱蟲，而現在那種蠱蟲已經融入軒的身體中。日後只要我身體痛，他也要承受同樣的痛苦。」

「這蠱，應該不好養。」

「當然！很難養！非常難養！」要好養，早風靡大荒了，以小六的奇異身體，都養了幾年。

「為什麼養蠱？」

小六鬱悶地嘆氣，「還不是想制住相柳那魔頭！他是九頭妖，百毒不侵，我思索了很久，才想到這個美妙的法子，可還沒來得及用到他身上，反倒用到了軒身上。」野獸的警覺性天生敏銳，小六怕種蠱時相柳會察覺，還很配合地讓他吸血，就是指望著有朝一日能神不知鬼不覺地把蠱種進相柳身體裡。

璟問：「蠱對你的身體有害嗎？」

「沒有！」

「你肯定？」

「用我的命保證，肯定！」

璟並沒有放心，但他自己對蠱完全不瞭解，只能回頭再尋醫師詢問。

小六問：「從我被捉到現在幾日了？」

「四日。」

「時間差不多了。」小六低頭看著自己的手，也許可以考慮不抹止痛藥。

「小六，軒的事讓我處理……」

小六抬頭看璟，「相柳早就料到軒會狠狠收拾我，讓我跟在他身邊，但我拒絕了。如果我是找大樹去躲避風雨的人，當年根本不會收留你。我已經習慣獨來獨往、獨自逍遙、獨自承擔，我既然敢做，就敢面對後果。」

璟的眸中有溫柔的憐惜，「你可以不獨自。」

小六撇過了頭，冷冰冰地說：「我救你一次，你也救我一次，我餵你吃過飯，你也餵我吃過飯，我們之間已經扯平，從此互不相欠，我的事情不勞你費心！」

璟默默坐了一會，靜靜地走出屋子。

小六想睡覺，可大概已經昏睡很久，完全睡不著，他掙扎著下了榻，走出門。

原來這並不是個軍營，而是類似獵人歇腳的地方，整個山崖上只有這一個木屋。想想也是，相柳幫璟救人，肯定是以私人的力量，不可能動用任何神農義軍。

天幕低垂，山崖空曠，山風呼呼地吹著，雲霧在他腳下翻湧，小六看久了，覺得好似下一刻雲霧就會漫上來，吞噬掉他，禁不住輕聲地叫：「相柳，你在嗎？」

身後有鳥鳴聲，小六回頭，相柳倚坐在屋子旁的一株樹上，銀色月光下，白衣白髮的他，好似一個雪凝成的人，乾淨冰冷，讓人想接近卻畏懼。

小六呆呆地看了他一會，忽然想起什麼，小心翼翼地問：「你在那裡多久了？」

相柳淡淡地說：「聽到了你打算給我種蠱。」

小六的臉色變了，和璟說話，他向來不耍心眼，可剛才一時糊塗，忘記了他們在相柳的地盤。

小六乾笑，「這不是沒種嘛？種給軒了。」

相柳居高臨下，看著小六，如同打量待宰的獵物，「如果你痛，他就痛？他體內的蠱什麼時候會發作？」

小六立即往後退了兩步，生怕相柳立即就刺他兩劍，「現在還沒到時間。我既然給他種了蠱，自然不會讓他好過。」

相柳眺望著懸崖外的雲霧，慢悠悠地說：「你先辱他妹妹，再給他下蠱，他不會饒了你，希望你的蠱不好解，讓他對你有幾分顧忌。」

「這可是給你準備的蠱，世間只有我能解。」

相柳閉上了眼睛，「回去睡覺，儘快把你的手養好。」

小六再不敢廢話，睡不著也回去睡。

第六章 相見不相識

相柳的利爪抓向小六的脖子，
小六卻睜著大大的眼睛，再衝著他甜甜的笑，
猶如春風中徐徐綻放的花。
纖細的脖頸就在他手中，只需輕輕一捏，麻煩就會消失。

小六的身體十分特異，傷口癒合速度比常人快很多。璟又留下很多好藥，玉山玉髓、歸墟水晶煉製的流光飛舞……大荒內的珍稀藥物應有盡有，小六的傷勢恢復得很快。

小六用東西從不吝惜，能把整瓶的萬年玉髓倒出來泡手，可她唯獨不肯用止痛的藥，每日裡痛得大呼小叫、上躥下跳。

相柳剛開始只冷眼看著，後來實在被她吵得心煩，譏嘲地說：「我真是同情給你上刑的人，他們給你上屍蛆噬骨的酷刑，你給他們上魔音穿腦的酷刑。」

小六不滿地看他，「我真是太後悔把蠱種給了軒。」

相柳嗤笑，「你就算養蠱，也該養個狠毒的，你養的這蠱，傷敵就要先傷己。幸虧你種給了軒，種給他，還能管點用，你種給我，我是九頭之軀，疼死你自己我也不會有太多反應。」

小六覺得和相柳說話就是找氣受，不想再理相柳，一個人舉著雙手，在林子裡跑來跑去，啊啊

啊地慘叫著。

相柳實在聽不下去，索性策白鵰，躲進了雲霄中。

一日日過去，疼痛越來越小，小六的雙手漸漸恢復。

凌晨時分，小六正睡得迷糊時，突然感覺到體內陣陣奇怪的波動。剛開始他還不明白，思索了一會才反應過來，這是蠱蟲給他的訊息。

小六急急忙忙地起來，衝出屋子，「相柳，軒……」

「我知道。」

山崖上竟然有十來個面具人，人與坐騎都殺氣內蘊、嚴陣以待，顯然他們已經知道軒在接近。而且看他們這個陣勢，軒帶來的人肯定不會少。

相柳對小六說：「軒來勢洶洶，我也正好想殺了他，今夜是生死之戰，你找地方躲好。」因為戴著面具，看不清楚相柳的表情，只有一雙眼睛猶如冰雪凝成，冷漠得沒有一絲溫度。

小六不敢廢話，四處看了看，鑽到樹林裡，躲在一方岩石下。

沒過多久，小六看到軒率領一群人，浩浩蕩蕩而來。

三十多隻各式各樣的坐騎，張開的翅膀鋪滿了天空，小六仰著頭，震驚地看著，軒究竟是什麼人？竟然能擁有這麼強大的力量？

高空中，激戰起來。

和相柳相比，從人數而言，顯然軒占有絕對的優勢。但相柳的手下日日在死亡陰影下生存，他們有鮮血積累的默契，更有不惜一切的剽悍，兩邊竟然打了個旗鼓相當。

砰然巨響，金色的火球擊中了一個人，連著坐騎都化為灰燼。沒過一會兒，另一個人被巨大的冰劍砍成兩半，他的坐騎悲傷地尖鳴。

兩個人駕馭著坐騎從樹梢上呼嘯而過，邊打邊騰上高空，小六看不清楚誰是誰，只聽見淒厲的呼嘯。一個東西從高空落下，摔在石頭上，裂成了幾瓣，小六拿起，是染血的面具。

小六再躲不下去，他衝出去，飛快地爬上了最高的樹。

天空中戰火瀰漫，光芒變幻、黑煙陣陣，相柳的身影卻不難尋覓，他白衣白髮，戴著銀白的面具，驅策的又是白鵰，如一片雪花，在九天中迴旋飛舞，每一次看似美麗的舞動，卻都是冰冷無情的殺戮。

四個人占據了四角，圍攻向他，其中一個是軒，另外三個都是靈力一等一的高手。

相柳全是以命搏命的打法，只進攻不防守。

他使用的兵器是一彎如月牙般的彎刀，晶瑩剔透，猶如冰霜凝成，隨著他身影的飄動，彎刀帶出白色的光芒，就好似漫天霜花在飛舞。

相柳不顧身後，疾速向前，一道刺目的白光閃過，一個人頭飛起、落下，相柳背上被冰刃刺穿，見了血。

冰刃鋪天蓋地捲向他，相柳完全不躲，驅策白鵰，迎著冰刃上前，揮手劈下，晶刀彎彎，迴旋而過，霜花飛舞，一個人連著坐騎被絞碎，可相柳也受了傷，從唇角流下了血。

四面八方都飛舞著葉子，形成了一個木靈殺陣，相柳壓根不耐煩破陣，直接向著設陣人衝去，拚著靈力受創，斬殺了他。

終於可以一對一，相柳追逼向軒，但他已經有傷、靈力消耗了大半，軒卻完好無損，靈力相當充沛。

軒左手持木靈長鞭，右手舉金靈短劍，竟然能驅策兩種靈力，鞭如蛇，捲向相柳，劍如虎，張著血盆大口，伺機而動。

小六大叫：「相柳，左手！」

小六把左手用力砸到樹幹上，鑽心的疼痛，軒的招式偏移了一下。

「右手！」

小六用力把右手砸到樹幹上，軒的兵器差點掉落。

相柳百忙之中，竟然大笑起來。軒卻眼中閃過狠厲，長鞭飛舞，擊向小六。小六一縮腦袋，順著樹幹滑下。幸虧林木茂密，坐騎無法進入，軒不能來追擊他。

相柳下令：「左腿、右手。」

小六心裡咒罵，卻不得不狠著心，一邊用帶刺的木棍朝著左腿狠狠打下去，一邊用右手去撞擊一個凸起的石頭。

相柳的靈力暴漲，甩出彎刀，封住軒的退路，身子如大鵬般飛起，撲向軒，顯然想一舉擊殺了軒。

軒情急間，滾下坐騎。在相柳的前後夾擊下，坐騎碎成血末，卻救了他一命。軒從高空墜落，重重砸在樹上，把一棵大樹都砸倒了。他受了重傷，身上都是血，卻不敢休憩，立即縱躍而起，一邊踉踉蹌蹌地跑著，一邊高聲呼嘯，召喚著侍從。

山林中，樹木茂密，坐騎不可能飛進來，相柳驅策白鵰掠過樹林上空的一瞬，飛躍而下，落入林中，追殺軒。

小六猶如猿猴一般，從一棵樹飛躍到另一棵樹，不慌不忙地追了過去。忽然間，他眼角餘光掃過一條白色的東西，好似動物的尾巴，小六的大腦還未反應過來，身子卻停住了。他飛躍過去，撿起了掛在樹枝上的白色，是一截毛茸茸的白色狐狸尾巴。

小六整個人都癡了，唇角如月牙一般彎彎地翹起，在歡笑，眼中卻看到有淚花閃閃，悲傷地要墜落。

突然之間，他臉色大變，瘋了一樣去追相柳和軒。

軒在飛奔，相柳猶如鬼魅一般從藤蔓間閃出，手化成了利爪，猶如五指劍，快若閃電地刺向軒。軒轉身回擋，木靈長鞭碎裂成粉末，卻絲毫未阻擋住五指劍。

相柳的妖瞳射出紅光，軒的身體就好像被山巒擠壓住，一動不能動，再沒有辦法閃避，他卻不願閉眼，如果要死，他要看清楚自己是怎麼死的。

一道身影猶如流星一般撲入軒懷裡，替他擋住了相柳的雷霆一擊。

「啊——」小六慘叫。

軒感同身受，劇痛也鑽心，可他畢竟只是痛，並不會受傷。軒震驚地看著小六，不明白小六為什麼要捨身救他。

小六用力推開他，「快逃！」

相柳卻不肯讓軒逃脫，再次擊殺，小六轉身，不惜再次受傷，緊緊抱住了相柳已經幻化成利爪的手，阻止他擊殺軒。

軒的侍從趕到，扶著軒快速逃離。軒邊跑邊回頭，迷惘地看向小六。

相柳眼見著大功告成，卻被小六毀了，他大怒，一腳踢在小六的腿上，小六軟軟地倒下，卻還是用盡全部力量，死命地抱住相柳的腳。

軒被侍從帶上了坐騎，在雲霄中疾馳。

他靠躺在侍從身上，緊緊地咬著唇，忍著疼痛。

胸腹間在痛、胳膊上在痛、腿上在痛，全身上下都在劇烈的痛，好似整個人都要分崩離析。可他知道自己不會分崩離析，因為這些疼痛不屬於他，而是小六的。

軒茫然地看著翻滾的雲海，為什麼，究竟是為什麼？小六先幫相柳殺他，可最後關頭，卻不惜一死也要救他。他下令對小六動用了酷刑，小六恨他、想殺他才正常，為什麼會救他？

相柳的憤怒猶如怒海一般，翻湧著要吞噬一切。

小六知道相柳要殺了他，可是，他竟然沒有一絲害怕的感覺。

腥紅的鮮血，讓他看見了火紅的鳳凰花。在鳳凰樹下，有一個娘為她搭建的秋千架，她站在秋千架上，迎著簌簌而落的鳳凰花瓣，高高飛起，歡笑聲灑滿天地。哥哥站在鳳凰樹下，仰頭笑看著她，等她落下時，再用力把她送出去。秋千架飛起、落下，飛起、落下……

相柳的利爪抓向小六的脖子，小六卻睜著大大的眼睛，再衝著他甜甜的笑，猶如春風中徐徐綻放的花。

纖細的脖頸就在他手中，只需輕輕一捏，麻煩就會消失。

小六微笑著輕聲嘆息，好似無限心滿意足，頭重重垂落，眼睛緩緩地闔上。

相柳猛地收回手，提起了小六，帶他離開。

小六睜開眼睛時，在一個山洞中，整個人浸在一個小池子內。

池子中有玉山玉髓、歸墟水晶、湯古水、扶桑葉等亂七八糟的東西。如果是別人，在重傷下，被這麼多亂七八糟的藥物，不分藥性、不辨分量的亂泡著，就算本來不死也要死，可小六的身體特異，亂七八糟的東西反而恰恰對他的身體有益。

應該裡面也有止痛的靈藥，所以小六只覺得身子發軟，卻並不覺得疼痛。

距離池子不遠處，相柳盤腿坐在一方水玉榻上，眉間的戾氣集聚如山巒，似乎隨時都會傾倒。

小六不敢動、更沒膽子說話，悄悄閉上眼睛。

「為什麼要救他？」相柳的聲音冰冷，有壓抑的怒氣。

小六心念一轉，一刻不敢猶豫，清晰地說：「因為我知道他是誰了。」

相柳的眉頭微動了下。

小六說：「前幾日我就在納悶，你這段日子怎麼這麼閒，竟然能日日看著我。後來才明白，你不是照看我，而是在等軒。璟讓我藏在山中，是因為知道你們和軒轅鬥了幾百年，軒轅都沒有辦法追蹤到你們。只要你願意，軒根本不可能找到我。可是，你已經猜到他的身分，又知道他肯定不會放過我。所以，你用我設了一個陷阱，目的就是殺了他。」

「我用你做陷阱，那又如何？」

「本來是不如何，反正他想殺了我。可是，我知道了他的名字叫顓頊8，是軒轅的王子，軒轅黃帝的嫡長孫！如果我幫你殺了他，黃帝必傾天下之力復仇，我此生此世永不得安寧！大荒內再無我容身之處！」

相柳睜開了眼睛，盯著小六，「我曾以為你有幾分膽色。」

小六說：「對不起，讓你失望了。你敢與黃帝作對，可我不敢。帝王之怒，血流千里！我承受不起！」

「你怎麼發現了軒的身分？」

8 顓頊，讀為ㄓㄨㄢ ㄒㄩˋ。

「你去追殺他時，他的一個侍從倉皇間，叫漏了嘴，說什麼快救顓王子，雖然有點含糊，可讓你不惜重傷也非殺不可的人在大荒內應該不多，稍微想想自然就知道了。」

相柳站起來，直接走進水池裡，手掐著小六的脖子，把他的頭重重磕在池壁上，「你也知道我不惜重傷想殺他！」

小六無力反抗，索性以退為進，「我壞了你的大事，你若想殺我，就殺吧！」他溫馴地閉上眼睛，露出一截白皙的脖子。

相柳冷笑，「殺了你？太便宜你了！」他伏下頭，狠狠地咬在小六的脖子上，用力吸吮著鮮血，以此宣洩著心中的殺意。

小六頭後仰，搭在池子邊沿上，慶幸他對相柳還有用。相柳是九頭之軀，體質特異，很難找到適合他的療傷藥，但體質特異的小六恰恰是他最好的靈藥。

躺在榻上養傷的軒，突然坐了起來，伸手摸著自己的脖子。

他還活著！

剛開始是劇烈的疼痛，彷彿利齒刺入肉中，可是漸漸地，疼痛的感覺變得怪異起來，疼中夾雜著絲絲酥麻，痛中有微微的快感，就好似有人在吮吸舔舐輕吻。

軒覺得有些口乾舌燥，突然間十分生氣。那麼重的傷，那小子發瘋了嗎，究竟在幹什麼？

相柳抬起了頭，盯著小六，唇角染血，眸色變深，微微地喘息著。

小六一直是一副任君採擷的無賴樣子，突然間，他瑟縮了，身子往下滑了滑，雙手下意識地想擋在胸前，可又立即控制住了自己的異樣，依舊大大咧咧地坐著。

相柳的手從他的脖頸，慢慢地下滑，手指頭撫摸玩弄了一會他的鎖骨，又往下撫摸。

小六猛地抓住了他的手，嘻笑著說：「我是個男人，就算你好男風，也該找個俊俏的。」

「你是男人？」相柳還沾染著血痕的唇角微微上挑，似笑似嘲，「你如果是男人，是如何把胐胐勾搭出來的？」

小六困惑地眨眨眼睛，笑說：「我不相信你不能變幻聲音和體形。」

「我更相信野獸的直覺。」

「野獸的直覺如果那麼管用，你的毛球不會被我藥倒，天下不會有種東西叫陷阱，獵人早就不用打獵了。」

「你究竟用的什麼幻形？你靈力低微，卻無跡可查，就好像這是你的真實身體。」

小六不滿地說：「這本來就是我的真實身體！」

相柳盯著他，雙眸漆黑如墨。小六的心狂跳，猛地摔開了相柳的手，閉上眼睛，擺出死豬不怕開水燙的樣子，「摸吧，摸吧，摸完了別再亂懷疑我是女人就行！」

相柳盯了一會他，「我對你的這具假身體沒興趣！」他放開小六，轉身離開了池子，躺到榻上，開始療傷。

小六提到嗓子眼的心終於緩緩落下，本來就有重傷，又被相柳吸了血，他覺得腦袋昏沉沉的，重逾千斤，仰身躺在水面上，也開始療傷。

一日後，璟找到了附近。

相柳身上還有傷，以他多疑的性子，自然不願和有可能威脅到自己的人碰面。他在璟發現藏身的山洞前，悄然離開，留下了不能動的小六。

璟進來時，看到小六漂在水面上，臉色煞白，渾身是傷，閉目沉沉而睡。

璟探了探他的脈息，立即抱起他，快步走出山洞，召喚坐騎。

十幾日後，小六醒轉，發現自己在一間很雅致的屋子裡。

明珠高掛、鮫綃低垂，外面正是酷夏，室內卻很是涼爽，從大開的窗戶可以看到庭院內開滿鮮花，茉莉、素馨、建蘭、麝香藤、朱槿、玉桂、紅蕉、闍婆、薝卜……屋簷下，掛著一排風鈴，是用終年積雪的極北之地的冰晶所製，赤紅色、竹青色、紫靛藍色、月下荷白色……配合著冰晶的色彩，雕刻成了各種花朵的形狀。微風吹過，帶起冰晶上的寒氣，瞬間四散而開，讓整個庭院都涼爽如春。

小六披衣起來，走到廊下，璟從花圃中站起，定定地看著他。

明媚燦爛的陽光，勃勃生機的鮮花，還有一位君子，如金如錫、如圭如璧，一切都賞心悅目，令人歡喜。

小六走到璟面前，微笑著輕嘆：「我姑酌彼金罍，維以不永懷！我姑酌彼兕觥，維以不永傷！」從死到生，讓我姑且放縱一下吧，那些悲傷的事情就不想了。

璟伸手，輕撫過他的臉頰，似乎確認著他真的完好如初了。小六微微側頭，感受著他掌間的溫暖，璟抱住了小六，溫柔卻用力地把他攬在懷中。

小六閉上了眼睛，頭輕輕地靠在璟的肩頭。這一刻，他們是十七、小六。

叮叮咚咚——杯盤墜地的聲音。

小六抬起頭，看見靜夜呆滯地站在廊下，眼神驚駭。

小六體內的惡趣味熊熊燃燒，他維持著起先的姿勢，閉上眼睛，裝什麼都沒聽到，什麼都沒看到，等著看璟的反應。

璟卻讓小六失望了，他異常鎮定，好似什麼都沒聽到，什麼都不知道，依舊安靜地攬著小六。有一種任憑天下零落成泥，他自巍然不動的氣勢。

靜夜輕移蓮步，走了過來，「是六公子的傷勢又突發了嗎？讓奴婢攙扶吧！」

小六噗哧一聲笑出來，這也是個妙人！他掙脫璟的手，退後了幾步，笑看著靜夜。

靜夜對他行禮，「公子相救之恩，無以為報，請先受奴婢一禮。」

小六微笑著避開，「妳家公子也救了我，大家誰都不欠誰。」小六對璟抱抱拳，「老木他們還等著我，我回去了。」

小六轉身就走，璟伸出手，卻又緩緩地收了回去，只是望著小六的背影消失在迴廊下。

小六看上去好了，其實身體依舊使不上力，稍微幹點活就累，不過他已經有一段日子沒有賺錢了，一家子都要吃飯，所以他也不能休息，回春堂依舊打開門做生意。

桑甜兒跟在小六身邊，小六動嘴，她動手，兩人互相配合著，看病抓藥，竟然也像模像樣、有條不紊。

有時候，受了外傷的病人來求醫，桑甜兒不怕血、也不怕噁心，在小六的指點下，清理傷口、包紮傷口，做得比小六還細緻，病人離開時，不住嘴地道謝。

小六讚道：「妳做飯，不是鹽多就是鹽少；妳洗衣，本來能穿五年的，變成了兩年；妳整理屋子，零亂不過是從顯眼處藏到不顯眼處；可妳察言觀色、伺候人倒是很有天賦。」

桑甜兒苦笑，「六哥，你這是誇我嗎？」

小六說：「看病不就是要察言觀色嗎？照顧病人不就是伺候人嗎？我看妳能學醫術。」

桑甜兒猛地抬起了頭，直愣愣地瞪著小六。

小六慢悠悠地說：「麻子和串子跟了我二十多年，可終究不是吃這行飯的人。我看妳卻不錯，妳如果願意，就好好學吧。多的不求，把我治不孕的本事學去，妳和串子這輩子走到哪裡，都餓不死。」

「六哥願意教我？」

「為什麼不願意？妳能幹活，我就可以躲懶了。」

桑甜兒跪下，連著磕了三個頭，哽咽著說：「謝謝六哥成全。」過去的一切總是如影隨形跟著她，縱然串子對她百般疼愛，可是已經看慣世事無常、人心善變的她，根本不敢把一切壓在一個男人身上。

她與串子的生活，看似是她虛情假意，串子真心實意，好似她在上，串子在下，實際上是她匍匐在陷落的流沙中，在卑微地乞求。春桃可以和麻子理直氣壯地吵架，可以住在娘家讓麻子滾，她卻總是在矛盾爆發前，小心翼翼地化解，她和串子壓根沒紅過臉。看慣了風月的她何嘗不知道，丈夫不是恩客，不可能日日都蜜裡調油，這種不對等支撐的甜蜜恩愛是非常虛幻的，但她孑然一身，根本無所憑依，千迴百轉的心思無人可以訴說，只能笑下藏著絕望，假裝勇敢地走著，可是，她沒想到有一個人能懂、能憐惜。

謝謝成全，讓她能理直氣壯、平等地去過日子、去愛串子、去守護他們的家。

小六溫和地說：「好好孝順老木，若你們死時，他還活著，讓你們的兒子也好好孝順他。」

桑甜兒困惑不解地看著小六，小六微笑。

桑甜兒心中意識到些什麼，重重點了下頭，「你放心，我會照顧好老木和串子。」

軒走進醫堂，坐到小六對面：「在交代後事托孤？」

小六藉著去端水杯，低下了頭，掩去眼內的波瀾起伏，她微笑著對桑甜兒吩咐，「去藥田幫串子幹活。」

桑甜兒看了一眼軒，默默地退出去。

小六又慢條斯理地喝了幾口水，這才抬頭看軒，「大駕光臨，有何貴幹？」

軒沉默了半晌才問：「為什麼救我？」

小六笑嘻嘻地說：「你死了，你體內的蠱也要死，我養那蠱不容易，不想讓牠死。」

軒看著他，小六一臉坦然。

小六給他倒了杯水，商量著說：「我雖抓了阿念，可並未真正傷害她，只是戲弄一番。你手下人傷了我，我也沒讓你好過。相柳雖然用我做了陷阱，但我也放了你。我們就算一報還一報，能否扯平？」

軒問：「什麼時候給我解除蠱？」

小六思索了一會說：「等你離開清水鎮時。」

軒的手指輕扣著几案，「為什麼不能現在解除？」

「你是心懷高遠志的人，應該很快就會離開清水鎮，等你離開時，我必會解開蠱。這蠱並無害處，唯一的作用不過是我痛你也痛，只要你不傷我，你自然不會痛，我不過是求個安心。」

「好。」軒起身離開，走到門口時，突然又回頭，「有空時，可以去酒鋪子找我喝酒。」

小六拱手道謝，「好的。」

軒揚眉而笑，「注意些身子，有傷時，禁一下欲吧！」

「……」小六茫然無解，他幾時開過欲？

軒摸了下自己的脖子，笑著離去了。小六依舊不解地眨巴著眼睛，一會後，他抿著唇角，悄悄地笑起來，真的可以去找你喝酒嗎？心內有聲音在反對，可又有聲音說，他很快就會離開，現在不喝以後就沒機會了。

冬天到時，小六的傷完全好了。

這幾個月，因為身體很容易累，小六整日待在屋子裡，正好有大把時間教桑甜兒。

桑甜兒十分認真地學醫，每日的生活忙忙碌碌，她和串子的關係有了微妙的變化。桑甜兒嫁給串子後，很忌諱和以前有關係的東西，刻意地迴避，可現在偶爾她會無意識地邊研磨藥草，邊哼唱著以前學會的歌謠。以前，桑甜兒總是什麼都順著串子，可現在有時候串子幹活慢了，她也會大聲催促，桑甜兒越來越像是回春堂的女主人了。

小六笑咪咪地看著桑甜兒艱辛努力地去抓取一點點微薄的幸福，就如看著種子在嚴寒荒蕪的土地上努力發芽吐蕊，生命的堅韌讓旁觀者都會感受到力量。

傍晚，飄起了小雪。

這是今年冬天的第一場雪，老木燙了熱酒，吆喝著小六和串子陪他喝酒，小六想起了另一個人的喝酒邀約，望著雪花發呆。

桑甜兒提著燈籠從外面進來，一邊跺腳上的雪，一邊把燈籠遞給了串子。

串子正要吹滅燈籠，小六突然拿了過去，也不戴遮雪的箬笠，提著燈籠就出了屋子。

老木叫：「你不喝酒了？」

小六頭未回，只是揮了揮手。

冒著小雪，走過長街，小六到酒鋪子前，突然又猶豫了。

提著燈籠，在門前靜靜站了一會，小六轉身往回走。

「既然來了，為什麼不進來坐一下呢？」軒站在門口，看著小六的背影。

小六慢慢地回身，笑著說：「我看沒有燈光，以為你們不在家。」

軒只是一笑，並不打算戳破小六的謊言。

小六隨在軒的身後，穿過前堂，進了後面的院子。也不知道軒從哪裡移了一株梅樹，此時正在吐蕊，暗香盈滿整個庭院。

軒看小六打量梅樹，說道：「阿念要看，栽給她看著玩的。」

小六說：「你可真疼妹子。」當年只是打趣的話，現如今說起來卻是百般滋味。

兩人坐在暖榻上，軒擺了五六碟小菜，點了紅泥小火爐，在爐子上煮起酒。

門和窗都大開著，雪花、梅花都盡收眼底，倒是別有情趣。

兩人都不說話，只是沉默地喝著酒。一個是戒心未消，懶得敷衍；一個卻是強忍著心酸，無語可言。

這是酒鋪子，什麼都缺，就是不缺酒。酒像水一般被灌下去，小六漸漸地有了幾分醉意，笑問：「阿念怎麼會允許我在這裡坐著喝酒？」

軒狡黠地笑，「她酒量非常淺，一杯就倒，現在應該正在做美夢。」

小六說：「我看你們是神族，又都是世家大族的子弟，為什麼要跑到清水鎮來受罪呢？」

軒道：「我以為你知道原因。」

「殺相柳嗎？」小六搖搖頭，「你們這樣的人殺人根本無需自己動手。」

軒微笑不語，小六端著酒杯，和他輕碰了一下，「說說唄！」

「真正的原因說出來也許沒有人相信。」

「我相信。」

「那……好吧！告訴你！我的釀酒技藝是和師父學的，有一次師父難得的喝醉，他跟我講了一個年少時的故事。他說那時他還不是家族的族長，他以普通人的身分去大荒遊歷，在一個小鎮子上打鐵為生，家常裡短地生活著。有一日，一個少年找他打鐵，哄著他幹活，承諾的美酒原來是最劣的酒，從此他就結識了一生中唯一的朋友。我牢牢記住這個故事，小時候常常想著將來我也要像普通人一樣生活，也許，我也能碰到一個傾心相交的朋友。」軒講完，看著小六，「你相信我的話嗎？」

「相信！」

「為什麼？不覺得這理由很荒謬嗎？」

「我能感覺到你說的是實話。」

軒嘆息，「可我並不是師父，我雖然在賣酒，卻並未真正像普通人一樣生活。」

小六笑著安慰，「各有各的際遇，你也見識了很多。」

軒自嘲地笑，「是啊，師父可沒被人種下蠱。」

小六手撐著頭笑，「那你得謝謝我。」

軒問：「為什麼救我？」

小六端著酒碗，不滿地說：「我還沒醉呢！套話也太早了！」

軒笑著說：「那我等你醉了，再問吧。」

小六搖搖手指，「不可能。」

「為什麼不可能？」

小六連喝了三杯酒，「因為……我要睡了。」趴在案上，沉沉地醉睡了過去。

軒搖搖他，「你酒量倒不錯！」去關了門窗，覺得頭重腳輕，索性也連著喝幾杯酒，躺在榻上睡了過去。

半夜裡，醒來時，小六已走，只剩榻上的冷菜殘酒，軒啞然失笑。

隔了幾日，軒去年釀的梅花酒可以喝了。

軒白日裡賣完酒，晚上忽然動了興致，提著兩罈酒去看小六。

小六見是他，愣了一下後，請他進去。

小六家裡沒什麼像樣的酒具，都是用碗喝，所以小六拿了兩個碗，把他平常吃的鴨脖子、雞爪子弄了些，就算有了下酒菜。

兩人依舊是沉默地喝酒，一罈子酒喝完，兩人略微有點醉意。

軒問：「你怎麼會在清水鎮？」

「四處流浪，走著走著就到了這裡，覺得還算喜歡，就住下了。」

「你和九命相柳……很熟？」

小六托著頭，思索了一會說：「這種問題不適合喝酒的時候回答。」

「那再喝幾碗回答。」

軒給小六倒了一大碗酒，小六喝下後，說道：「我怕他，但不討厭他。我和他不是敵人，但也肯定不是朋友。」

軒道：「可惜他太精明，否則我還真想和他平平靜靜地喝一次酒。」

小六問：「你和阿念……只是兄妹之情？」

軒輕聲地笑，「這種問題倒是很適合喝酒的時候回答。」

小六給他倒了一大碗，軒灌下去後，卻怔怔地，半晌都不說話，小六又給他倒了一碗，軒一口氣喝完，掏出一個貼身戴著的玉香囊，打開香囊，拽出了一小團毛茸茸的東西，像潔白的雪球。他抖了一抖，那毛球變大，成了一截白色的狐狸尾巴，「這是我妹妹的寶貝，我們臨別時，她送給我，說只是暫時借給我玩，這個『暫時』已經三百多年了！」

軒輕撫著白狐狸尾，「妹妹是我姑姑和師父的女兒，我答應過姑姑會照顧妹妹，但我失信了。妹妹在很小時，失蹤了，他們都說她死了，但我總抱著萬一的希望，希冀她還活著，等著她回來要回狐狸尾巴。阿念也是師父的女兒，寵愛她就像是寵愛妹妹。」

小六好似不勝酒力，以手扶額，舉起酒碗喝酒時，悄悄地印去了眼角的濕意。

軒把狐狸尾巴團成了小球，塞回玉香囊裡，貼身收好。

他倒滿酒，和小六碰了一下碗，一飲而盡。

兩罈酒喝完，兩人都醉睡了過去。半夜裡，小六醒來時，軒已經走了。

小六再睡不著，睜著眼睛，發呆到天亮。

整個冬季，小六和軒隔三岔五就會一起喝酒。

剛開始，兩人聊天時，還常常言不及義，可日子長了，軒半真半假地把小六看作朋友。甚至向小六認真地請教毒藥知識。

小六對軒十分坦誠，比如說講解毒藥，幾乎知無不言、言無不盡，各種下毒的技巧都和他詳細地道來，各種簡單有效的避毒方法也仔細說清楚。有時候，小六還會認真地提醒他，「相柳想殺你，雖然他不可能派兵進入清水鎮，但神農義軍畢竟在這裡盤踞幾百年了，你還是趁早離開吧。」

軒覺得他們是能推心置腹的朋友，可是真當軒想進一步時，小六卻會笑著裝傻充愣。

兩人好像只是酒肉朋友，醉時，談笑；醒時，陌路。

第七章

此情待追憶

和睦時光總是短暫，就如人世間的歡愉總是剎那。
花開則謝、月圓則虧，
但凡世間美好的東西莫不如此……

寒冷的冬季過去，溫暖的春天來臨。

麻子的二閨女做周歲宴，小六去糕點鋪子買些糕點，打算明天帶給春桃和大妞。提了糕點，掏錢時，卻發現忘記帶錢，小六正想去問軒借點錢，瑲走到他身旁，幫他把錢付了。

小六把糕點塞到他懷裡，「你買的，那就你吃吧！」說完要走，軒卻看到了他們，大聲招呼，「小六、十七。」

小六無奈，只得走進了酒鋪子，鋪子裡沒有客人，軒自己一人喝著悶酒，擺弄圍棋子，小六坐下。瑲跟在他身後進來，也坐了下來。

軒說：「下一盤？」

小六最近剛跟軒學會下圍棋，手發癢，「下就下。」

「不是和你說，我是和他說。」軒指指璟，小六棋品非常差，落子慢，還喜歡悔棋，軒和他下了幾次，就下定決心再不自找苦吃。

小六不滿，「你瞧不起我！」

「我是瞧不起你！」軒絲毫不掩飾對小六的鄙視，卻很是謙虛地問璟，「怎麼樣，下一盤？聽聞你琴棋書畫樣樣拔尖，卻一直沒有機會討教。」

璟側了頭，認真地問小六：「和他下嗎？」

「下不下是你的事情，和我有什麼關係？」

「我聽你的，你說下，就下，你說不下，就不下。」

小六想板臉，可唇角又忍不住微微地上翹，半晌沒吭聲，璟只專注地看著小六。

軒敲几案，「喂、喂……我知道你們關係好，可……」

小六沒好氣地反駁，「誰和他好了？」

璟溫和地說：「我們好，和你無關。」

兩人都看著軒，只不過小六橫眉怒目，璟清清淡淡。

軒笑起來，對小六說：「不管好不好，反正他說聽你的，讓他和我下一盤。我聽他名字久矣，卻一直沒有機會。」

小六眼珠子骨碌一轉，「我也要玩。」

軒無奈，「成，你來落子，讓他指點。」

小六拿起一枚棋子，看璟，璟低聲說了一句，小六把棋子放好。

軒一邊談笑，一邊跟著落了棋子。

幾子之後，軒就明白璟絕不是浪得虛名。有人來買酒，軒不耐煩招呼，打發一個侍從坐在門口，不許任何人進來打擾。

一子又一子，軒漸漸地不再談笑，而是專注地凝視著棋盤。人說酒逢知己千杯少，棋逢對手更是人生一件酣暢事。軒的棋藝是黃帝傳授，剛會圍棋，與他對弈的就都是大荒內的名將能臣，以致軒現在罕逢對手，很多時候他下棋都只露三分，今日卻漸漸地開始全心投入。

軒落下一子，只覺自己走了一步好棋，正期待璟的對應，卻看到璟說了一句話，小六對璟搖頭，指指某處，「我覺得應該下在這裡。」

璟微微一笑，竟然絲毫不反駁，「好，就下那裡。」

小六高興地落了子，軒大叫：「我允許你悔棋，你重新落子！」

小六說：「我想好了，就下這裡。」

軒眼巴巴地看著璟，勸道：「你再想想。」

小六不耐煩地說：「你煩不煩？我想悔棋的時候，你不許我悔棋，我不想悔棋的時候，你卻不停地讓我悔棋。」

軒只覺胸內憋悶難言，這就好像滿懷著期待、興沖沖地抖開一襲華美的錦緞，卻發現被老鼠咬了個洞。軒落下棋子，內心已經在想幾子之後可以定輸贏。

璟在小六耳旁低聲說了一句，小六把棋子放下。

軒輕輕咦了一聲，感覺正失望於錦緞被老鼠咬了個洞，卻又發現老鼠洞在邊角上，並不影響裁剪衣衫。軒想了想，落下棋子。

璟對小六低聲耳語，小六搖頭，「你的不行，我想下那裡。」

「好，那裡很好。」璟依舊只是微微一笑，一口贊成，就好像小六真棋藝高超，走的是一步妙棋，而不是臭到不能再臭的臭棋。

小六得意洋洋地落下了棋子。

軒現在的感覺是剛慶幸老鼠洞在邊角上，可又發現了一個老鼠洞，他對小六說：「我真誠地建議你悔棋。」

小六瞪著他：「不悔！」

軒只能落下子。

璟低語，小六落子，軒快速地落子。璟又低語，小六再落子，軒落子……三子之後，軒再次看到那個老鼠洞又被擠到了邊角，他心內又驚又喜。

璟低語，小六又搖頭，發表真知灼見，「那裡。」

「好。」

小六把棋子落下。軒已經懶得再說話，繼續落子，只好奇璟如何化腐朽為神奇。

一個多時辰後，一盤棋下完，璟輸了。

贏了棋的軒很鬱悶，輸了棋的璟卻嘴角噙著笑意。

小六問璟，「是不是因為我走的那幾步，你才輸了？」

「不是，你走的那些都很好，是我自己走的不好。」

小六喜孜孜地笑，軒無力地用手撐著頭。

小六看了看天色，已近黃昏，他笑咪咪地說：「贏者請客，聽說北街上新開了一家烤肉鋪子，我們去吃吧。」

「好。」璟答應得很快，軒懷疑當璟面對小六時，大腦中壓根沒有不字。

軒指著自己，「我還沒答應。」

璟看著他，誠懇地說：「輸者請客，謝謝你。」

軒忍著笑，瞅了小六一眼，「好！」

三人出了鋪子，沿著街道邊說邊走，其實就是小六和軒打嘴皮子仗，璟安靜地聽著。小六說得開心，璟眉眼中也都是笑意。

突然，有人高聲吆喝著讓路，他們三人也隨著人潮，站到了路邊。

一輛華貴的馬車緩緩駛來，那馬車簾子十分特別，沒有繡花草，也沒有繡飛禽走獸，而是繡著金色的弓箭。馬車後跟著八個身材魁梧的男子，騎著馬，背著弓箭，帶給人很大的威壓。

往日裡最大膽的亡命之徒都沉默地看著，長街上的人群也收斂了聲音，只低聲議論。

璟在看到馬車的剎那，眉眼間的笑意褪去，垂下了眼眸，僵硬地站著。

小六說：「什麼人物？看上去真是太厲害了！」

軒看了一眼璟，沒有說話。

小六又問：「為什麼簾子要繡弓箭呢？」

軒說：「那是防風氏的徽記，防風氏以箭術傳家，傳聞他們的先祖能射落星辰。不是每個子弟都有資格在用具上繡弓箭，大小也有嚴格規定，這副弓箭表明車內人的箭術非常高超。」

小六讚嘆，「難怪鎮裡的亡命之徒們都敬畏地看著。」小六覺得防風氏這名字很熟，下意識地回頭去看璟。

璟的樣子，讓小六轟然想起了原因，他立即扭回頭，低聲問軒：「那是塗山氏未過門的二夫人嗎？」

軒說：「應該是。」車簾子有防風氏的弓箭徽記，車廂邊角有塗山氏的九尾狐徽記，除了塗山二公子的未婚妻防風小姐，再無其他可能。

馬車駛過，人潮又開始流動，他們三人卻依舊站著。

小六笑嘻嘻地對璟說：「既然你的未婚妻來了，我們就不打擾你們團聚了。告辭！」

小六抓著軒離開了。璟靜站在原地，看著他們消失在長街拐角。

靜夜匆匆跑來，「總算找到您了。公子，防風小姐來了。」

璟沉默地站著，靜夜低聲說：「公子，回去吧！」

璟眼中俱是黯然，默默地走著。

靜夜說：「這些年，公子一直沒有消息，知道實情的人都勸防風小姐退婚，但她堅決不肯，一直留在青丘，等著公子。雖然沒有過門，可已經像孫媳婦那樣服侍太夫人，為太夫人分憂解勞。公子執意留在清水鎮，不肯回去，太夫人非常生氣，防風小姐在家裡一直幫著您說話，還特意趕來見您。」

璟依舊不說話，靜夜心內無限悵惘。公子以前是個言談風趣的人，失蹤九年、回來之後，他就變得沉默寡言。

靜夜曾派人打聽過，公子在回春堂住了六年，中間有三年的空白，可公子從來不提，太夫人特意寫信詢問，他也只是回覆忘記了，說他恢復記憶時就已經在回春堂做學徒了。靜夜和所有人一樣，都認定是大公子動的手腳，但公子不開口，他們沒有人敢行動。

靜夜有時候很懷念以前的公子，處理生意時圓滑周到，私下相處時溫柔體貼，不像現在，漠然得好似什麼都不在意。但不管如何，公子平安回來了。

到了門口，璟停住腳步。靜夜倒也能理解，他們雖然早有婚約，卻從未見過面，說是完全的陌生人也不為過。

靜夜低聲道：「防風小姐喜歡射箭，公子以前設計過兵器；防風小姐喜歡遊覽天下山水，公子很擅長畫山水；防風小姐喜歡北地勁歌，公子可以用笛子為她吹北地歌曲。哦，對了，防風小姐的棋藝很好，連她的兄長都下不過她，公子可以和她對弈……」

璟走進府邸，僕人們一疊聲地奏報。

在侍女的攙扶下，一名水紅裙衫的女子走了出來，身材頎長健美，眉不點而翠，唇不染自紅，她姍姍行禮，儀態萬千。璟卻低垂著眼，只是客氣疏遠地回禮。

飯館裡，軒與小六吃肉喝酒，軒問小六，「你怎麼收留的那位？」

小六睨他，「我不信你沒去查過。」

「的確派人查了，但你把麻子和串子教得很好，他們沒有洩露什麼，串子被灌醉後，也只說出他受過很重的傷，是你把他撿回去的，連具體什麼傷都沒說清楚。」

小六笑道：「倒不是串子不肯說，而是當時從頭到尾我一手包辦，串子的確不清楚。」

「我聽他聲音暗啞，也是那次落下的傷？」

「你不停談論他做什麼？」

「因為塗山氏生意遍布大荒，而他關係到塗山氏將來的立場，決定著塗山氏和我是敵是友。」

「那你和他去套近乎啊！你和我嘮叨什麼？」

「他聽你的。」

小六嗤笑，「你把下棋和家族大事相提並論？他聽我的，不過是欠了我一命之恩，所以聽可以聽的。」

軒嘆了口氣，放棄心裡的打算。的確如小六所說，六年的恩情可以讓璟對小六另眼相看，卻絕不可能讓璟為小六去改變塗山氏的立場。

小六說：「你趕緊離開吧，相柳隨時會出現。」

軒舉起酒杯，眼中有傲然，「你把相柳看得厲害沒錯，可你不該把我看得太弱。」

小六拱手道歉，「好、好、好！你厲害！」

軒笑起來，「單打獨鬥，我的確不是他的對手，應該說差遠了。」軒指指自己的腦袋，「我靠的是這個。」

小六一口肉差點噴出來，「不就是仗勢欺人、倚多為勝嗎？」

「那也是我有勢可依仗，有親信可倚靠。你以為勢力不需要經營，親信不需要培養？」

小六不說話了，好一會後問：「這些年，很辛苦吧？」

軒幾分意外地看小六，他正低著頭在切肉，看不清楚神情，軒淡淡說：「還好。」

兩人吃完，一起回家，軒回了酒鋪，小六卻沒有回醫館，而是從藥田裡穿過，去了河邊。

他在河邊站了一會，慢慢地走進河裡，將自己浸入水中。

春日夜晚的河水依舊有寒意，小六提不起力氣動，由著水流將他沖下，水勢高低起伏，河道蜿蜒曲折，在水裡待的時間久了，水的寒意漸漸從皮膚滲入心裡。

小六依舊不想動，直到身體撞在一塊石頭上時，他才下意識地抓住石頭，爬到石頭上。涼風一吹，他身子冰冷，輕輕打顫，他對自己說：「看到了嗎？這就是順心而為的下場，凍死了你，也只是你自己的事。」

小六跳進了河裡，奮力划水，逆流而上，身子漸漸變暖和，一口氣游到醫館，全身濕淋淋地爬上岸。

進了屋子，小六俐落地脫掉衣服，擦乾身體，鑽進被窩。

被子是冷的，還有點潮，小六蜷縮著身子，覺得睡得很不舒服，翻來覆去半晌都沒辦法入睡。他不禁罵自己：「玟小六！你可別太嬌氣！我告訴你，誰離了誰，日子都照過！」

罵了，也睡不著。

小六安慰自己，最後總會睡著！

這幾日，走到哪裡，都能聽到有人在議論塗山二公子和防風小姐。小六索性不出門，可是躲在家裡也躲不掉。

吃晚飯時，桑甜兒和串子也聊起了塗山二公子和他的未婚妻防風小姐。

桑甜兒興奮地說：「我看到防風小姐了，生得真好看，我看了都覺得怎麼看都看不夠。看著嬌滴滴的，走路都需要婢女攙扶，可聽說人家的箭術高超，能百里之外奪人性命，那位二公子可真是好福氣！」

串子納悶，「我們清水鎮又不是什麼好地方，這些世家的公子和小姐待在這裡幹什麼呢？」

桑甜兒笑道：「管他幹什麼？難怪說塗山氏急著想辦婚禮，任誰有個那麼美麗溫柔的未婚妻，都想趕緊娶進門。」

小六放下碗，「我吃飽了，你們慢慢吃，我出去走走。」

沿著青石小道走到河邊，小六坐在石頭上發呆。他隨手摘下一枝野花，把花瓣一片片撕下，丟進水裡。

突然，白鵰呼嘯而下，小六一聲驚呼未發出，已經被相柳抓到了鵰背上。

小六揮揮手，嬉皮笑臉地說：「好久不見，近來可好？」

「如果軒死了，我會更好。」

小六不敢說話，緊扣著相柳的胳膊，怕他說翻臉就翻臉，把自己扔了下去。

白鵰飛到了他們以前來過一次的葫蘆形狀的湖上，未等白鵰降落，還在雲霄中，相柳竟然拽著小六就縱身一躍，跳了下去。

小六駭然，如八爪魚般抓住相柳的身子。

耳畔風聲呼呼，相柳看著他，冷冷問：「拿你做墊子，如何？」

小六拚命搖頭，眼含哀求，相柳不為所動。

疾速墜落，好似下一刻就是粉身碎骨、萬劫不復。

就在要砸到水面的剎那，相柳一個翻身，他在下方，小六在上方。

撲通一聲巨響，兩人沒入了水中，滔天巨浪濺起。

即使相柳卸去了大部分的撞擊，小六仍被水花衝擊得頭昏眼花，全身痠痛。

因為手腳太痛，使不上力氣，他再抓不住相柳，身子向下沉去。

相柳浮在水中，冷眼看著他向湖底沉去。

小六努力伸手，卻什麼都抓不住，眼前漸漸黑暗，就在他吐出最後一口氣，口鼻中湧進水時，感覺到相柳又抱住他，冰冷的唇貼著他，給他渡了一口氣。

相柳帶著他像箭一般向上衝，快速地衝出水面。

小六趴在相柳的肩頭劇烈咳嗽，大口大口地喘著氣，鼻子眼裡都是水。

半晌後，小六才沙啞著聲音，邊喘邊說：「你要想殺我，就痛快點。」

「你只有一顆頭，只能死一次，只死一次太便宜你了。」

相柳身子向後倒去，平躺在水面，小六依舊全身發痛，不能動彈，只能半趴在他身上。

相柳扯扯小六的胳膊，「痛嗎？」

「他會很痛。」

相柳笑，「這蠱真不錯，只是還不夠好。」

小六問：「如果這是連命蠱，你會毫不猶豫地殺了我吧？」

「嗯，可惜只是疼痛。」相柳的語氣中滿是遺憾。

小六輕輕閉上了眼睛，感受著他們隨著湖水蕩漾，水支撐了一切，全身無一處需要用力，十分輕鬆。

相柳問：「既然那麼稀罕他，為什麼不解了蠱？」

小六不回答，思量了好一會，想著他是妖怪，蟲蟲獸獸的應該算是一家，也許知道點什麼，於是說道：「不是不想解，而是解不了。上次我受傷後，你給我用了一堆亂七八糟的藥，蠱發生了變化。他提出解蠱，我還哄他等他離開時就給他解，最近我一直在嘗試從他體內召喚回蠱，可是完全不行。」

相柳沉思了好一會兒後說：「不想死，就不要再強行召回了，唯一能嘗試的方法就是把蠱引到另一人的身體裡，去禍害別人。」

小六認真地說：「我唯一想禍害的就是你。」

相柳輕聲而笑，「那就把蠱引到我身體裡來吧。」

小六譏笑，「你有這麼好心？」

「我會在他離開清水鎮前殺了他，你就不用煩惱如何解蠱了。」

小六感覺腳不再發抖了，滑下他的身子，慢慢地游著，「殺他能匡復神農嗎？」

「不能。」

「他上過戰場，屠殺過神農士兵嗎？」

「沒有。」

「他和你有私人恩怨嗎？」

「沒有。」

「為什麼還要殺他？」

「立場。既然知道他在我眼皮底下，不去殺他，好像良心會不安。」

「你有良心？」

「對神農還是有點的。」

「可笑！」

「是很可笑，以至於我都覺得自己可悲，如果沒有這點良心，也許我真就去找黃帝談談，幫他去滅了高辛。」

小六沉默了，看著頭頂的月亮，像是被咬了一口的餅子。良久後，他問：「共工將軍究竟是個什麼樣的人？能讓你這個妖怪長出良心？」

「他是個傻子！」相柳沉默了一下，又說：「是個可悲的傻子，領著一群傻子，在做可悲的事。」

小六說：「其實最可悲的是你！他們是心甘情願，並不覺得自己傻，只覺得自己所做上可告祖宗、下可對子孫，死時也壯懷激烈、慷慨激昂！你卻是一邊不屑，一邊又做。」

「誰讓我有九個頭呢？總會比較矛盾複雜一些。」

小六忍不住大笑，狠狠地嗆了口水，忙抓住了相柳的胳膊，「你、你……不是都說你最憎惡人家說你是九頭怪嗎？九頭是你的禁忌，有人敢提，你就會殺了他。」

「你還活著。」

小六嘟噥，「暫時還活著。」

「我憎恨的不是他們談論我是九頭怪，而是他們心底的鄙夷輕蔑。我允許你提，是因為……」相柳翻了個身，一手支著頭，側身躺在水面上，看著小六，「你嘴裡調侃取笑，可心中從不曾認為九頭妖就怪異。」

小六微笑著說：「因為我曾比你更怪異。」

「所以你躲入深山，不敢見人？」

「嗯。」

相柳抬手，輕輕地撫過小六的頭。小六吃驚地看著相柳，「我們這算月下談心、和睦相處嗎？」

相柳說：「在你下次激怒我前，算是。」

小六嘆氣，「和睦時光總是短暫，就如人世間的歡愉總是剎那。花開則謝、月圓則虧，但凡世間美好的東西莫不如此。」

相柳譏嘲，「是誰說過，再美麗的景致看得時間長了也是乏味？」

小六但笑不語。

天快亮時，小六才渾身濕淋淋地回到家。

他邊擦頭髮，邊琢磨著今天沒有病人要出診，醫館裡有桑甜兒應付，他應該還能睡一覺，於是拴好門，打算睡到中午。

迷迷糊糊地睡著，隱約聽到串子拍門，呱噪地叫他，他罵了聲「滾」，串子的聲音消失了。

沒過多久，又聽到有人叫他，小六大罵「滾」，把被子罩在頭上，繼續睡覺。

門被踹開，小六氣得從被子裡鑽出個腦袋，抓起榻頭的東西，想砸過去，卻看見是阿念，她滿臉淚痕，怒氣沖沖地瞪著小六。

小六立即清醒了，翻身坐起，「妳來幹什麼？」

阿念未語淚先流，吼著說：「你以為我想來嗎？我巴不得永遠不要看見你這種人！」

小六腦子裡一個激靈，從榻上跳到地上，「軒怎麼了？」

阿念忙轉過了身子，「哥哥受傷了，醫師止不住血，哥哥讓我來找你。」

小六抓起衣服，邊穿邊往外跑，他明白相柳昨晚為什麼來見他了，可不是為了月下談心，當他痛得全身失去力氣，沒有辦法動彈時，軒肯定也痛得無法行動。可是軒已經有戒備，相柳又和小六在一起，有什麼人能突破軒的侍從，傷害到軒？

跑到酒鋪子，小六顧不上走正門，直接從牆頭翻進了後院。

幾個侍從圍攻過來，海棠大叫：「住手！」

小六問：「軒在哪裡？」

海棠舉手做了個請的姿勢，「隨我來。」

屋子外設置了小型的護衛陣法，小六隨著海棠的每一步，走進了屋子。軒躺在榻上，閉著眼睛昏睡，面色白中泛青。

海棠輕輕搖醒軒，「回春堂的玟小六來了。」

軒睜開眼睛，阿念哭著問：「哥哥，你好一點沒有？」

軒對她微笑，溫柔地說：「我沒事，妳昨夜一晚沒睡，現在去好好睡一覺。」說完，他看了海棠一眼，海棠立即走過去，連哄帶勸地把阿念帶了出去。

榻旁站著一個老頭，軒對小六介紹說：「這位是醫師塢呈。」

小六強壓著心急，作揖行禮，「久聞大名。」塢呈也是清水鎮的醫師，不同的是他非常有名，尤其善於治療外傷，看來他是軒的人。

塢呈沒有回禮，只是倨傲地下令：「你來看一下傷。」

小六坐到榻旁，拉開被子，軒的右胸上有一個血洞，傷口並不大，血卻一直往外流。塢呈解釋說：「昨日夜裡，有人來襲擊，侍從們護住了主上，但從天外忽然飛來一箭，主上又突然全身痠痛，無法閃避，幸虧有個侍衛拚死推了主上一下，箭才沒有射中左胸要害，而是射在右胸。中箭後，侍從立即來找我，我查看後，覺得沒有傷到要害，應該沒有大礙，可是從昨夜到現在血流不止，如果再不能止血，主上的性命就危矣。」

小六低著頭查看傷口，塢呈說：「我用了上百種法子試毒，沒有發現是毒。」

小六問：「箭呢？我想看看。」

塢呈把一個托盤遞給小六：「在這裡。」上面有兩截斷箭。

塢呈說：「是很普通的木箭，在大荒內任意一個兵器鋪子都能買到。」

小六說：「不可能普通，從那麼遙遠的地方射出的箭，力道一定大得可怕，如果只是普通的木箭，早就承受不住，碎裂成粉末，根本不可能射中軒。」

塢呈說：「主上也這麼說，但已讓最好的鑄造師檢查過，的確是非常普通的箭。」

小六撫摸過箭矢，問軒：「你仔細想想，箭射入身體的剎那，你有什麼感覺？」

軒閉上了眼睛，在努力回憶，「那一瞬，身體痠痛，胸口窒息般的疼痛，不能行動……冷意！我感覺到一股冷意穿過身體。」

小六想了一會，對軒說：「你去過極北之地嗎？」

軒笑著說：「沒有，你去過嗎？」

「我去過。那裡終年積雪，萬古不化。雪一層層地壓下去，變成了冰，冰一層層壓下去，形成了冰山。冰山比大荒內的石頭山都堅硬，鋒利的刀劍砍上去，只會有淡淡的粉末濺起，經過千萬年，在一些巨大的冰山內，會凝結出冰晶，猶如寶石般晶瑩剔透，卻比鐵石更堅硬，會散發出極寒之氣。」

塢呈十分著急軒的傷勢，可小六竟然和軒說起了大荒內的風物，他不禁說道：「主上說你懂醫術……」

軒盯了他一眼，塢呈不敢再多嘴，心卻不甘，低頭道：「主上，傷要緊。」

軒問小六，「這冰晶會融化嗎？」

小六說：「平時不會，但既然是冰中凝聚，自然有可能融化。」

軒慢慢地說：「你的意思是，懷疑有人用特殊方法在普通木箭上包了一層冰晶，箭射入我身體後，冰晶立即融化了，所以看起來就是普通的箭矢。」

「雖然我不知道如何鍛造冰晶，讓它們遇血融化，但有極大的可能是這樣。」

「極北之地的冰晶，再加上高明的箭術，是防風氏、一定是防風氏！」塢呈激動地嚷，「老奴這就去找他們！他們做的箭，必定有止血的法子。」

「站住！」軒唇邊帶著一分譏嘲說：「你怎麼證明是防風氏？大荒內會射箭的人不少，難道你就靠這支在任何一個兵器鋪都能買到的箭？」

塢呈不甘地想了一會兒，沮喪地低下頭。如果真是防風氏射出這一箭，最有可能的人就是那位箭術高超的防風小姐，一個防風氏還不算難對付，可是她的身後還有塗山氏，大荒內的四世家，就是黃帝也不得不顧忌。

軒問小六：「你可知道我為什麼血流不止？」

小六用手指在他的傷口上蘸了血，放進嘴裡嘗著。軒看到他的動作，心頭急跳了一下，忙穩了穩心神。

小六說：「我想冰晶裡有東西，冰晶融化後，那東西很快就散在傷口四周，阻止傷口凝結。」

塢呈眼巴巴地看著小六，「會是什麼東西？我用了各種靈藥，都無法止血。」

小六說：「我也不知道。」

塢呈頹然，幾乎要破口大罵，卻聽小六又說：「但我知道如何清理掉那些東西。」

「什麼方法？」塢呈滿面急切。

「一切陰暗都會在太陽前消失，蘊含了太陽神力的湯谷水，至純至淨，萬物不生。不管那是什麼東西，用湯谷水洗滌傷口，都肯定能洗掉。」

「湯谷水難以盛放，之前帶的一些已經用完了。湯谷遠在千萬里之外，一路趕去，必定血流會加快，即使以現在的流血速度，主上也根本堅持不到湯谷。」

小六對軒說：「我有辦法能讓血流變得緩慢，只是你恐怕要吃些苦頭。」

軒微笑，「別賣關子了。」

「在你的傷口裡放入冰晶，用冰晶的極寒之氣，讓血液凝固、血流變慢，但那可是千萬年寒冰孕育的冰晶，你會非常冷。」

「只要能活著，冷有什麼關係？但冰晶哪裡能有？這種東西藏在冰山中，肯定很難獲得，擁有的人肯定很少。」

塢呈想到清水鎮上有個人肯定有，自己都不相信地低聲說：「去找防風氏要？」

沒想到小六贊同地說：「對啊，就是去找他們。不過不是要，而是偷。」

「偷？」

小六站了起來，對軒說：「你躺著別動，我去去就來。」

軒忙說：「我派兩個人和你一塊去。」

小六笑道：「我是去偷，不是去搶。」

軒緩緩說：「雖然你和塗山璟交情非比尋常，但那只是私交。在家族利益前，私交不值一提。其實，這是我的事，和你沒有關係，你不必……」

「如果不是你體內的蠱，這箭不見得能射中你，此事本就因我而起，怎麼能說和我沒有關係？好了，別廢話！我走了！」小六衝出屋子，快速地翻上院牆，躍了下去。

小六一路急奔，來到璟現在居住的宅邸前。

他上前敲門，有僕人來開門，小六說：「我是回春堂的醫師玟小六，求見你們二公子。」

僕人拿眼角掃了他兩眼，不樂意地去通報。

不過一會，兩個婢女就來了，非常客氣恭敬地行禮，「小姐聽聞是您，讓奴婢先來迎接，公子和小姐隨後就到。」

「不敢！」小六隨著兩個婢女進了門。

沿著長廊，走了一會。一名身穿水紅曳地長裙的女子快步而來，走到小六面前，斂衽為禮，當著僕人的面，她不好直說，只道：「謝謝你。」語氣誠摯，微微哽咽，讓小六充分感受到她心中的謝意。

小六作揖，「小姐請起。」起身時，藉機仔細看了一眼防風小姐。即使以最嚴苛的眼光去打量她，也不得不承認這是一個姿容儀態俱佳的溫婉女子，讓人忍不住心生憐愛。

小六暗問自己，軒胸口的那一箭真會是她射的嗎？如果是她，她為什麼要殺軒？相柳和她又有什麼關係？

小六心內思緒萬千，面上卻點滴不顯，笑問：「請問璟公子呢？」

防風小姐道：「已經派人去稟奏了。我是正好在前廳處理事務，提前一步知道，所以立即迎了出來，只想親口對你道一聲謝謝。」

小六忙道：「我和璟公子很熟，不必多禮，我直接去他那裡見他就行了。」

一旁的婢女都鄙夷地看了小六一眼，防風小姐卻絲毫未露不悅，反而笑道：「可以。」

防風小姐在前領路，帶著小六去了璟居住的小院，也就是小六曾養傷的地方。

璟已經從院子裡出來，正急步而行，看到小六和防風意映並肩而來，防風意映款款笑談，小六頻頻點頭，畫面和諧的讓璟覺得刺眼。

意映看到他，停下腳步，溫柔地解釋：「六公子說是要直接來見你，所以我就帶他來了。」

小六衝璟笑，「我有點私事麻煩你，咱們進去再聊。」

璟說：「好。」

他轉身在前帶路，意映走到他身邊，小六隨在他們身後。璟停了停腳步，意映也立即走慢，小六索性裝粗人，直接從他們身邊走了過去，東張西望，哈哈笑著，「這牆角的花雕得可真好看，那是什麼東西……」

防風意映柔聲解釋著，小六邊聽邊嘖嘖稱嘆。

待走進院子，小六繼續保持什麼都沒見識過的鄉巴佬樣子，東張西望，院子裡倒依舊是上次的模樣，各式各樣的鮮花都開著，茉莉、素馨、建蘭、麝香藤、朱槿、玉桂、紅蕉、闍婆、薝卜……卻沒看到屋簷下掛著的冰晶風鈴。小六十分失望，繼而反應過來，暗罵自己笨蛋，現在是春天，再被錢燒得慌，也不會把冰晶拿出來懸掛。

小六正躊躇思索著，怎麼才能在不驚動防風小姐的情況下拿到冰晶，就聽到璟對防風小姐說：「意映，妳回去吧，我和小六有話說。」

小六心中想，意映，倒是個好名字。防風小姐臉上的微笑好像僵了一下，隨即又笑了起來，溫柔地說：「那我先去廚房看看，讓他們置辦酒菜，款待六公子。」

防風小姐對小六欠了欠身子，退出院子。

璟看著小六，小六低著頭，他那樣子，能瞞過防風小姐，卻瞞不過璟。

璟溫和地問：「你在找什麼？」

小六試探地問：「我想問你要一樣東西。」

璟毫不猶豫地說：「好。」

小六問：「不管什麼都可以嗎？」

「但凡我有，你皆可拿去。若是我沒有的，我幫你去尋。」

小六抬起頭看他，「我想要兩串冰晶做的風鈴。」

璟立即叫來靜夜，低聲吩咐了兩句，靜夜匆匆離去。

璟沒有問小六要冰晶做什麼，只是沉默地看著小六，雙眸猶如黑色的暖玉，洋溢著溫暖愉悅，似乎對小六肯找他要東西很開心。

軒提醒了小六絕不可相信璟，可小六總不相信璟會想殺人，小六忽然鼓足勇氣，說道：「我、我……想……」

璟微微將身子前傾，想聽清楚小六說什麼。他身上的藥草香縈繞著小六，小六想後退，璟抓住他的手，「你想什麼？」

小六低頭看著自己的腳尖，低聲道：「我想請你，不管在任何情況下，都不要傷害軒。」

璟輕輕地嘆了口氣，好似失望，又好似開心，「好。」

小六詫異地抬頭，不太敢相信地問：「你答應了？」

璟點了下頭，「我承諾過，會聽你的話。」

小六想著，看來刺殺軒只是防風意映的意思，璟對防風意映的行動一無所知，這麼大的決定防風意映卻沒有告訴璟？

小六心裡冒出幾句話，想提醒璟，可想到防風意映是璟的未婚妻，他在璟面前說人家的是非顯得很卑劣，小六實不屑為之，於是把話都吞了回去。

小六抽手，璟卻握著不放。

靜夜走進來，看到璟握著小六的手，腳下踉蹌一下，差點把手裡的玉盒摔了。

她穩著心神，把玉盒交給小六，「盒子裡裝了兩串冰晶做的風鈴，這些冰晶片都經過特殊加工，寒氣已經大大減弱，怕公子有別的用處，所以奴婢還放了兩塊冰晶。如果靈力不夠，千萬不要用手直接去拿，可會把手指頭凍掉的。」

小六掙脫了璟的手，拿過玉盒，對靜夜說：「謝謝妳。」

靜夜的唇嘟著，滿臉不高興，瞪著小六，好似在說：東西拿了，就趕緊離開！別再騷擾我家公子！

小六笑著掐了一下靜夜的臉頰，「美人兒，別生氣了，我這就走。」

靜夜捂著臉頰，駭然地看著小六，璟卻只是微笑地看著小六。

靜夜委曲地叫：「公子，他、他……摸我！」

小六一把抓住靜夜的手，「送我抄近路，從後門出去。」

靜夜邊走邊回頭，求救地看向璟，璟吩咐：「他的吩咐，就是我的吩咐，照做！」

靜夜的眼眶都紅了，卻不敢違抗，只能帶著小六走近路，離開了宅子。

小六回到酒鋪子時，塢呈他們已經收拾好，隨時可以出發。

小六把玉盒打開，讓塢呈從風鈴上拽下兩片冰晶，小心翼翼地放入軒的傷口，傷口周圍開始泛白，不過一會，就好似蒙著一層薄冰，凍結住了血管，血越流越慢。

塢呈滿臉喜色，「果然有效。」

小六把剩下的冰晶連著玉盒交給塢呈。塢呈顧不上廢話，立即命人把軒移上雲輦，阿念和海棠上了另一輛。

阿念下令：「出發！」

軒叫道：「且慢！小六，你過來，我有話和你說！」

小六走了過去，軒對小六說：「這次離開，我只怕不會再回來了。」

小六道：「此地想殺你的人太多，你是不該再回來了。」

軒說：「你曾答應我，離開清水鎮時，幫我解除……你和我一起走吧，以你的聰明和才華，必能出人頭地。」軒雖然從未和小六說過自己的身分，但是當小六提出用聖地湯谷的水洗滌傷口，塢呈他們一點為難之色都沒有，小六就應該知道他的身分非同一般，不僅僅是簡單的世家大族子弟。他的邀請，也不僅僅是為了解除蠱毒，他還可以給小六一個男人想要的一切。

「我要留在清水鎮，我喜歡做小醫師。」小六退後了幾步，小心地說：「你現在有傷，答應你的事我不敢輕舉妄動。不過，你不要擔心，等你傷好後，我會把解除那玩意的方法寫給你，你手下人才濟濟，肯定會有高手幫你解決問題。」

軒並不是個容易說話的人，可兩次相救之恩，讓他決定放小六一次。軒嘆了口氣，「人各有志，那我就不勉強你了。你保重！」

小六向他抱拳，「山高水長，各自珍重！」

塢呈關上了車門，侍從駕馭坐騎拉著雲輦，緩緩騰空，向著南方疾馳而去。

小六仰頭，望著那雲輦越升越高，漸漸地變成了幾個小黑點，融入天盡頭的白雲中。他在心裡默默地祝福：哥哥，願你得到想要的一切！

酒鋪子關了好幾天的門，西河街上的人才知道軒離去了。清水鎮上的人都是沒有根的人，人們早習慣身邊的人來來往往，對軒的離去很淡然，最多就是男人們喝著酒時，懷念著軒的釀酒手藝，嘆息幾句再也見不到美麗的海棠姑娘。

可對小六而言，軒的離去讓他日子好過很多，至少相柳不再盯著他不放，暗潮湧動的清水鎮也恢復了往日的太平。

一個月後，酒鋪子又打開門，開始做生意，仍舊是賣酒，但生意遠不如軒經營時，小六每次經過街頭時，都會去鋪子裡買點酒，卻再看不到軒虛偽熱情的笑容。

晚上，相柳從鵰背上躍下時，看到小六盤腿坐在草地上，雙手撐著膝蓋，躬身向前，愁眉苦臉地看著河水。

相柳問：「在想什麼？」

「究竟怎麼樣才能解除那個蠱？軒已經派手下來過一次，索取解蠱的方法。」以軒的身分，蠱不見得會害死軒，卻遲早會害死小六，小六不想自己再被他人利用，只能絞盡腦汁地思索如何解除蠱。

「和你說了，再找一個人，把蠱引到他身上。」

「誰會願意呢？也許軒的某個手下會樂意。」

相柳淡淡說：「不是隨便一個人都可以。」

「為什麼？」

「你自己養的蠱，你不知道？」

「我……我是不知道。」小六心虛地說。

「你從哪裡來的蠱蟲？」

「很多很多年前，我碰到一個九黎族的老婦人。你應該知道，那個傳說中最凶殘嗜血的惡魔蚩尤是九黎族的，自從他被黃帝斬殺後，九黎重歸賤籍，男子生而為奴，女子生而為婢，那個老婦人是個沒人要的奴隸，又髒又臭，奄奄一息地躺在汙泥裡，我看她實在可憐，就問她臨死前還有什麼心願，她說希望能洗個澡，乾乾淨淨地去見早死去的情郎。於是我帶她到了河邊，讓她洗了個澡，還幫她梳了九黎女子的髮髻。她給我一顆黑乎乎的山核桃，說她身無長物，只有這一對蠱，送給我作為報答。她讓我離開，然後她就死了，她的屍體召來了很多蟲蟻，很快就被吞吃乾淨。後來，我拿你實在沒辦法，想起了這顆帶在身邊多年，卻一直沒用到的山核桃。我就按照培養蠱蟲的方法，用自己的血肉飼養牠們，再讓其中一隻擇我為主。另一隻，本來是準備給你的，卻種給了軒。」

「你怎麼知道培養蠱蟲的方法？」

小六眼珠子滴溜溜地轉，「那個婦人告訴我的啊！」

相柳冷笑，「胡說八道，她若告訴了你飼養蠱蟲的方法，怎麼會沒告訴你蠱叫什麼？」

小六也知道自己的話前後矛盾，索性擺出無賴的架勢，「你管我怎麼知道飼養蠱？反正我就是知道一些。」

相柳說：「你的這對蠱比較少見，如果你想解除軒的蠱，唯一的方法就是找另一個人，把蠱引到他身上。」

「那要什麼樣的人才符合條件？」

相柳不吭聲，一瞬後，才硬邦邦地說：「不知道！」

小六不相信，卻不明白為什麼相柳不肯告訴他，只能試探地問：「你合適嗎？」

相柳不說話，小六繼續試探地說：「你是九頭妖，引個蠱蟲，應該沒問題吧？」

相柳沒有否認，小六就當作他默認了。

小六興奮起來，「你說過你是九頭之軀，即使我身上疼痛，於你而言也不算什麼，那你可不可以幫我把蠱引到你身上？」

相柳負手而立，眺望著月亮，沉默不語，半晌後，說：「我可以幫你把蠱引到我身上，但你要承諾，日後幫我做一件事情。只要我開口，你就必須做。」

小六思來想去，好一會兒後說：「除了要取軒的性命。」

「好。」

「也不能害塗山璟。」

「好。」

「不會讓我去殺黃帝或俊帝吧？」

相柳沒好氣地說：「我九個腦袋都注水才會認為你能殺了黃帝和俊帝。」

小六毫不生氣，堅持地問：「答案是……」

「不會！」

小六道：「那成交！」

相柳伸出手掌，小六與他對擊了一下，「我發誓，只要相柳幫我解除軒的蠱，我就幫他做一件事情。」

相柳冷冷地問：「若違此誓呢？」

小六想了想，說：「天打五雷轟？粉身碎骨？以你的小氣性子，肯定都不滿意，你說吧，想讓我什麼下場？」

「如若違背，凡你所喜，都將成痛；凡你所樂，都將成苦。」

小六的背脊躥起一股寒意，「算你狠！」小六舉起了手，對天地盟誓，「若違此誓，凡我所喜，都將成痛；凡我所樂，都將成苦。」他放下了手，拍拍胸口，「你放心吧，我一定會做到。」

相柳的唇邊帶出一絲笑意，「我有什麼不放心的？做不到是你受罪，又不是我受罪。」

小六問：「現在告訴我吧，如何解蠱？」

「我不知道！難道你不知道如何把蠱引到他人身上？」

小六閉上眼睛，嘴唇快速地翕動，好似在默默地背誦著什麼，好一會兒後，她說：「有一個法子。你和軒應該要在一定距離之內，我才能驅策蠱，現在太遙遠了。」按照這個方法，他們必須去一趟高辛的五神山。可是，相柳的身分卻實在不適合跑到高辛的五神山。

小六犯愁，帶著幾分哀求對相柳說：「你可是答應我了。」

相柳召來白羽金冠鵰毛球，飛躍到鵰背上，「上來！」

小六心花怒放，趕緊爬上了鵰背。

毛球馱著他們向著南方飛去，一夜半日後，快要到高辛的五神山。

相柳也知道五神山的防守很嚴密，即使以他的靈力修為，也不可能不被發現，他放棄了乘坐毛球，帶著小六躍入大海。

相柳在海中就好似在自己家中，如鯊魚一般，乘風破浪地前進。小六剛開始還能盡力跟一跟，可一會兒之後，他發現完全跟不上。

相柳游回小六身邊，「照你這速度，再游三天三夜也到不了。」

小六不滿地說：「我再善於游水，也是陸地上的人，你是生在海裡的九頭妖，你把我和你相提並論？」

相柳說：「這是俊帝居住的地方，我們只能從海裡過去，才不會被發現。」

「我知道。」

相柳無奈地說：「你趴到我背上，我帶你。」

小六抿著唇，努力忍笑，這其實是把相柳當成坐騎了。

相柳似乎知道他心裡在想什麼，盯了他一眼，冷冷地說：「回清水鎮。」竟然一轉身，就往北游去。

小六趕緊抱住他，恰恰抱住了他的腰，「我保證不亂想了。」

兩人的身子都有些僵硬，相柳慢慢地轉過身，小六忙鬆開了手。

相柳看了小六一眼，「去是不去？」

「去，去！」小六立即爬到相柳背上，伸手摟住相柳的肩。

相柳說：「速度很快，抓緊！」

小六將兩手交叉，牢牢地扣住，相柳好像還是怕小六抓不住，他雙手各握著小六的一隻手腕，嗖一下，像箭一般，飛射而出。

相柳就如海之子，在大海中乘風破浪地前進，他的身姿比海豚更靈巧，比鯊魚更迅猛，比鮫人更優雅。

小六從沒覺得自己如此自由輕盈過。在大海中馳騁的感覺和天空中的馳騁有相似之處，都十分自由暢快，可又截然不同。在天空中，是御風而飛，隨著風在自由翱翔；在水中，卻是逆水而行，每一步的前進都不得不與水浪搏鬥，每一次的縱躍，都是迎著浪潮，翻越過浪峰，再衝進下一個浪潮中，讓人充滿了征服的快感。

小六無法睜開眼睛，只覺得耳旁的水潮如雷一般轟鳴著，好幾次，他都差點被浪潮沖走，幸虧相柳的手牢牢地抓著他的手腕，讓他總能再次抱住相柳。

到後來，小六什麼都顧不了，只知道手腳並用，盡力地纏繞住相柳，才能讓自己不被他的速度甩開。

也不知道過了多久，相柳慢了下來。小六睜開眼睛，發現他們周身是密密麻麻的魚群，相柳和他就藏身在魚群中。五彩斑斕的魚群，分分合合，猶如天空中的彩霞飛舞變幻，小六伸出手，牠們也不見怕，就彷彿他是同類，從他指尖歡快地游過。

相柳的聲音小六耳畔響起，「我們已經在五神山，和顓頊的距離應該不遠了，你可以嘗試著把蠱引入我體內。」

小六發現身子下有魚群托著，行動很方便。他拿出一顆黑乎乎的山核桃，咬破中指，擠出心頭血，把血液塗抹在半個核桃上，然後把一半血紅一半黝黑的山核桃遞給相柳，示意相柳跟著重複他剛剛的動作。

相柳大拇指的指甲變尖銳，並輕輕在中指劃了一下，瞬間流出血來。他將心頭血塗抹在另一半的山核桃上。

相柳把血紅的山核桃遞回給小六，小六示意相柳把有血口的那隻手高高舉起，朝著五神山的某個方向。小六說：「你放鬆，如果可能，請在心裡歡欣地表示歡迎蠱蟲的到來。」

小六雙手緊緊地把山核桃夾在掌心，口中念念有辭，催動著體內的蠱。

沒過一會兒，小六感受到心臟在急促地跳動，可非常詭異的是他還能感受到另一顆心臟在跳動，兩顆心臟就像久別重逢的朋友，一唱一和地跳動著。小六遲疑地伸手，貼在相柳的胸口，真的是他的心臟。

小六不相信地問：「蠱已經種到你體內了？這麼快？」

相柳鄙視地看著他，「你這樣的人竟然也敢操縱蠱。最厲害的控蠱者可以遠隔萬里，取人性命，難道你以為那些蠱還像你一樣慢吞吞地翻山越嶺？」

「咦？」小六感覺到手中的異樣，張開手，看到山核桃光彩閃動，竟然在逐漸地融化，變成了點點碎光，如流螢一般繞著小六和相柳飛舞著。慢慢地，一半落入小六手掌，一半落在相柳的手掌中，消失不見，就好似鑽進了他們的體內。

小六不敢相信地把手揮來揮去，真的什麼都沒有了。

小六的臉色很難看，對相柳說：「我有一種很不好的感覺，這蠱好詭異，不像我想的那麼簡單。」他靜下心，凝神感受自己的身體，卻沒有任何異樣，他問相柳，「你覺得怎麼樣？」

相柳十分平靜，看了一眼空中，「我覺得我們該逃了。」剛才引蠱作法，不能完全掩藏住小六的氣息，已經驚動了五神山的侍衛。

相柳抱住小六，急速地沉入海底，風馳電掣地朝遠離五神山的方向逃去。

海裡所有的魚群自發自覺地為他們護航，一群群各自成陣，干擾著高辛神兵們的注意力，引著他們分散追擊。

相柳卻拉著小六，在幽深安靜的海底潛行。每當小六的一口氣快斷絕時，相柳就會再給他渡一口氣。

海底的世界竟然比陸地上更色彩斑斕，各式各樣顏色的魚，各式各樣稀奇古怪的動物。小六好奇地東看看西看看，相柳也不催他。

神族喜歡用水母和明珠做燈，小六見過很多次水母做的宮燈，卻是第一次看到活的水母，身體晶瑩透明，曼妙的弧度，真是天然的燈罩，不把牠做成燈都對不住牠的長相。

巨大的海螺，紅紫藍三色交雜，像是一座絢麗的寶塔，小六忍不住敲了敲螺殼，琢磨著螺肉是什麼味道。相柳的聲音在耳畔響起，「不好吃。」

海底居然也有草原，長長的海草，綠的發黑，隨著海浪搖擺，看不到盡頭。相柳帶著小六從海草的草原中穿行時，竟然也有蒼茫無際的感覺。小六還看到一對對海馬，悠然地徜徉在海底草原上，惹得他瞪著眼睛看了半晌。

海底也有各式各樣的花，色彩絢爛，形狀美麗，小六看到一朵像百合的花，藍色的花瓣，紅色的花蕊，他伸出手去摸，花突然冒出細密的尖銳牙齒，狠狠合攏，差點咬斷小六的手指，他這才反應過來，所有的花都是動物，等著經過的魚兒自投羅網。小六瞪相柳，你居然也不提醒我！相柳噙著絲笑，握著小六的手去觸摸那些美麗妖豔的「花」，那些花瑟瑟發顫，卻不敢再咬小六。小六笑呵呵地把「花朵」們蹂躪了一番。

小六知道他們在被高辛的神族精兵們追擊，卻感受不到危險，因為相柳從容鎮靜，讓他覺得這不是逃跑，而是相柳帶他在海底遊覽。

他們在海底游了很久，小六懷疑至少有十個時辰，但玩得開心，也不覺得時間漫長。直到完全逃出五神山的警戒範圍，相柳才帶著小六浮出了水面。

白羽金冠鵰毛球飛來，相柳抓著小六躍上鵰背。駕馭白鵰返回清水鎮。

小六覺得又睏又餓，緊緊地抱住毛球的脖子，對相柳說：「我先睡一會兒。」

小六呼呼大睡。

相柳坐在白鵰背上，凝望著雲海翻滾，面沉如水，無憂無喜。

很久後，他看向好夢正酣的小六，手慢慢地貼在了自己心口，唇角微微地浮起一絲笑意，轉瞬即逝。

第八章

君心似我心

你不是說聽我的話嗎？
那就離開，遠遠地離開，不要再來打擾我的生活。
你是塗山璟，不是葉十七！

解了軒的蠱，小六的心事了去，好好地睡了三天。

等閒了下來，小六才想起忘記問相柳上次射殺軒的是不是璟的未婚妻，如果是防風意映，那麼為什麼她會幫相柳射殺軒？難道防風氏和神農義軍有關係？還是其實是相柳幫防風意映？相柳不是說過他閒暇時會做做殺手嗎？

小六翻來覆去地琢磨，幾乎寢食難安。

幾天之後，他忽然想通，軒已經走了，不管是不是防風意映射殺他，都沒有意義，何況那些大家族之間盤根錯節的恩恩怨怨，根本不是他所能理解，只要肯定不是璟想殺軒就行。

小六把所有事情都拋到了腦後，繼續過閒散的生活。

盛夏，酷熱難耐，小六拿著個蒲扇，搧來搧去，依舊滿身是汗。

璟從後院的院門進來時，小六正躺在屋簷下的竹榻上，邊揮舞著蒲扇，邊不停地叫喚，「好熱、好熱！」

璟走到榻前，把一串靛藍色的冰晶風鈴掛到屋簷下，霎時，絲絲涼意從空中籠罩下來，炎熱消散。

小六看著風鈴，天人交戰，要還是不要？已經要了兩串，不要第三串，好似很矯情，可前兩串是為了救軒的性命，小六總覺得事關大義，和自己無關，如果是個人私用，卻好像有一種私相授受的感覺。

璟坐在榻旁，看著小六神情變幻。

小六突然坐了起來，惱怒地問：「這裡是清水鎮，不是青丘，你為什麼還不離開？」

璟凝視著小六說：「你在這裡，我不離開。」

小六氣得把手裡的蒲扇砸到他身上，「你不是說聽我的話嗎？那就離開，遠遠地離開，不要再來打擾我的生活。你是塗山璟，不是葉十七！」

璟垂下了眼眸，唇緊緊地抿著。小六非常熟悉他這樣的姿勢，再狠不下心罵他，扭過了頭，不去看他。

半晌後，璟的聲音傳來，「你輕柔地幫我清理傷口，細緻地幫我洗頭，耐心地餵我吃藥吃飯，體貼地為我擦洗身體。你怕我疼痛，和我說話；怕我難堪，給我講笑話；怕我放棄，給我描繪美麗的景色；怕我孤單，給我講你眼中的趣事。你不僅醫治我的身軀，還救活了我的心。你永遠無法想像，我是多麼希望自己只是葉十七，可我不得不是塗山璟，為此，我比你更恨我自己。

我知道你討厭塗山璟，我努力克制著自己不來見你，可是，我不敢離開，你讓痳子有了家，給串子找了桑甜兒，為老木安排好一切，你已經在準備拋下一切，繼續流浪，我怕稍微一轉身，回頭時，就再也找不到你了。」

璟第一次說了這麼多話，氣息有些沉重，他沉默地看著小六，小六一直沒有回頭。

他站起來，默默地走了。

小六頹然地倒在竹榻上，看著頭頂的風鈴，十七竟然看出來了，他打算離開。

有人走進院子，小六用手蓋住眼睛，沒好氣地說：「我在休息，不要煩我！」

來者果然沒有開口說話，只是坐在榻旁，安靜的猶如不存在，如果不是他身上沒有藥草香，小六幾乎要以為是璟去而復返。

小六移開手，瞇著眼看，立即瞪大眼睛，驚得一個骨碌坐了起來，竟然是軒。

小六結結巴巴地說：「你、你怎麼在這裡？我、我已經解了你的蠱，你應該能感覺到。不信，我扎一下自己，你感覺一下。」小六說著就想找東西扎自己。

軒攔住他，笑道：「我知道蠱已經解。我來是有其他原因。」

「其他原因？」

「我師父想見你。」

小六心內驚濤駭浪，身子發軟，強撐著笑道：「你師父為什麼要見我？話再說回來了，他想見我，我就要去見他啊？」

軒站了起來，對小六說：「我的名字是顓頊，軒轅顓頊，軒轅黃帝的嫡長孫，我的師父是高辛俊帝。」

小六實在不知道自己該如何反應，只能惶恐地說：「久仰、久仰！可我是清水鎮的人，既不是軒轅子民，也不是高辛子民。」

軒說：「我在湯谷養傷時，師父來看我，我跟師父講了一點你的事，我也不知道為什麼師父突然對你產生了興趣，要我把和你交往的所有細節都告訴他。聽完之後，師父還想要見你，並且特意命我專程前來請你，帶你去高辛見他。」

小六乾脆俐落地說：「我不去！」

軒嘆了口氣，「這是帝王之召，恐怕由不得你拒絕。小六，不要讓我為難，我不想對你動粗。」

小六立即服了軟，陪著笑說：「那好吧，我跟你去高辛。可是，你得給我半天時間收拾行囊，和親友告別。」

軒躊躇，他很清楚小六的狡詐，而且清水鎮知道他身分的人不少，他不方便在清水鎮久留。

小六哀求道：「我可救過你兩次，難道堂堂軒轅王子，竟然這麼對待恩人？」

精明的軒可不願讓小六拿捏住他，笑吟吟地說：「你第一次救我，是因為你幫相柳設計我，我不追究你，已是饒了你。如果你不給我下蠱，我壓根不需要你第二次救我。阿念是高辛王姬，你三番四次開罪於她，應該知道她十分想殺了你，是我一直在保你。此次去高辛，你就是掉入了阿念的掌心，隨她處置，難道你不希望我能護你？咱倆究竟誰欠了誰的恩情，還真很難說。」

小六苦笑，「如果我不去高辛，根本不需要你保護。」

軒說：「距離天黑還有兩個半時辰，給你兩個時辰收拾東西，和親朋好友告別，天黑前我們出發。但如果你再耍心眼……」軒甩了甩衣袖，竹榻碎裂成了粉末，小六跌坐在地上。

上一次，軒在清水鎮是軒，不管別人是否清楚他的身分，他都儘量以軒的方式處理問題，而這一次他來，卻是顓頊，他的身分是軒轅王子。

小六怔怔地看著顓頊，顓頊負手而立，眉眼間有俯瞰蒼生、不容置喙的威儀。小六竟然覺得無限欣慰，他這樣很好，會平易近人、溫和談笑，也會翻臉無情、鐵血冷酷，只有這樣，他才能在那個位置好好地活著。

小六站了起來，回屋收拾衣物，心裡快速思量，無論如何都不能去見俊帝，他能瞞過顓頊，卻絕不相信自己能瞞過俊帝。

可是怎麼才能逃離？顓頊亮明身分來接人，只怕帶了不少侍衛來，而且他有俊帝的命令，應該可以隨時調動高辛駐守在清水鎮南邊的軍隊。必要時，他也能以軒轅王子的身分，讓駐守在清水鎮西北的軒轅軍隊配合他。

雖然小六能變幻容貌，可是從剛才那一刻起，已經有神族高手在盯著他，如果沒有人幫他遮掩，轉移那些盯梢的注意，他縱使變幻了容貌，也逃不掉。

小六分析完，發現以他一人之力，完全沒有機會逃脫。這個時候小六就十分想念相柳，只有他才不在乎軒轅和高辛，也只有暫時逃入神農義軍的地盤，才有可能避開顓頊。但自從高辛之行後，小六一直沒見過相柳，現在倉促間，根本沒有辦法向他求助。

現在唯一可以幫他的人就是塗山璟了，塗山氏的生意遍布大荒，還常常販售各種物資給神農義軍，小六不相信他們沒有隱密的通道進出清水鎮。

但現在是高辛俊帝和軒轅王子要他，塗山璟幫了他，就是與高辛和軒轅過不去，幾乎可以說是與整個天下為敵，塗山璟願意為一個玟小六與黃帝和俊帝敵對嗎？

念頭一旦騰起，小六完全無法再抑制，甚至比逃離清水鎮更迫切地想知道璟究竟在天下和他之間會選擇哪個。小六看向屋簷下的冰晶風鈴，唇畔慢慢地浮起一個冷笑，選擇哪個，去試試不就知道了？

小六走進前堂，沒有病人，桑甜兒正拿著藥材在背誦藥性。

小六對桑甜兒說：「回春堂就託付給妳了。如果老木難過，妳就告訴他，緣來則聚，緣去則散，同行一段已經足矣。」

桑甜兒眼中浮起淚花，默默地跪下，給小六磕頭。小六摸了摸她的頭，「好好孝敬老木。妳是個聰慧的，春桃的一些小心眼，妳讓著點。人生無常，若有什麼事，麻子和春桃能靠的只有串子和妳，串子和妳能靠的也只有麻子和春桃。」

小六轉身，腳步匆匆，跨過門檻，離開了回春堂。不管能否順利逃脫，他都不能再回到回春堂，將近三十年的相伴要再次結束，也許下一次相逢是在麻子、串子的墳頭。

小六沿著長街，邊走邊和所有的街坊鄰居打招呼，二十多年來，他的人緣不錯，所有人都回他一個大笑臉，有人叫道：「六哥，剛出爐的肉餅子，拿一個去。」有人喊：「六哥，謝謝你上次那包治頭痛的藥。」

小六微笑著一一回應，縱使幾十年後再走在這條街道上，縱使景物依舊，卻再也不會有人和他打招呼。

小六走到了璟居住的宅邸，他沒有從正門進去，而是從上次靜夜領著他走的後門翻進去，有侍衛立即上前攔阻，小六忙說：「我是玟小六，上次靜夜姑娘帶我走過這條路，我要見塗山璟。」

侍衛們彼此看了一眼，不再動手，只是緊盯著小六，有侍衛匆匆離開。

不一會，靜夜飛奔而來，氣鼓鼓地瞪著小六，好似在說怎麼又是你！

小六笑嘻嘻地說：「不好意思，又來打擾妳了。我想見妳家公子。」

靜夜翻了個白眼，揮手讓侍衛退下，轉身就走，小六忙跟上。

和去年一樣，庭院內開著各種鮮花，有茉莉、素馨、建蘭、麝香藤、朱槿、玉桂、紅蕉、闍婆、薝卜……廊下掛著各種顏色的冰晶風鈴，微風吹過，馨香滿庭，清涼浸身。

靜夜領著小六，靜靜地穿行過庭院，來到書房前。

塗山璟坐在案前，有兩個人跪在下方，正在奏報著事情，隱約可聽聞到什麼不可再縱容篌公子。

靜夜站住，小六後退了幾步，站在一叢玉桂前，低頭賞花。

等屋內的談話告一段落，靜夜進去稟奏，議事的兩人匆匆地離開了。

璟走到小六身旁，「發生了什麼事？」

小六苦笑，原來璟也知道他是無事不來，回身說道：「軒轅的顓頊王子在回春堂的後院裡，他說高辛俊帝要召見我。」

璟慢慢地說：「我陪你去高辛，俊帝是賢明君王，應不會為難你。」

小六說：「他賢明不賢明關我什麼事？我不樂意見他！」

璟問：「你想逃掉？」

小六笑笑地看著璟，「是啊，我想逃掉。」

璟說：「很麻煩。」

小六點頭，滿臉都是笑意，「是很麻煩，不麻煩我就不來找你了。塗山氏肯定有隱密的通道進出清水鎮，你幫我逃走。」

「好！」

小六的笑僵在臉上，盯著璟，「一旦開始逃，就是違抗俊帝旨意，帝王威嚴不容冒犯，顓頊肯定會帶人追擊，如果我們執意反抗，他肯定會下殺手，一路之上必危險重重，即使僥倖逃脫了，你可就同時得罪了軒轅國和高辛國。」

璟握著小六的手，拖著小六走進書房，對靜夜吩咐：「準備衣物，我要帶小六離開清水鎮。」

靜夜應該是聽到了小六和瑲的對話，痛恨地盯著小六，深吸幾口氣，才把心頭的怒火壓下去，對瑲說：「公子不必親身犯險，奴婢帶兩個得力的人護送六公子離開，奴婢以性命起誓，必竭盡全力，保證六公子的安全。」

瑲溫和地說：「準備我和小六的衣物。」

靜夜知道瑲已決定，不敢再勸，只能去準備衣物。

靜夜拿來了兩套衣物，小六走到屏風後換好，靜夜幫他把頭髮梳理好，身上掛好荷包、短劍，乍看就是一個遊走四方的鏢客，瑲也做了同樣的打扮。

靜夜捧出一個玉盒，裡面躺著兩個人偶，卻不是木頭雕刻，而是毛茸茸的，好似是動物的毛皮。小六好奇地想摸，靜夜打開他的手，沒好氣地說：「這是用數萬年九尾狐妖的尾巴做的人偶，非常稀罕珍貴。九尾狐是世間最善於變幻的生物，尾巴是牠靈氣匯聚處，這兩條尾巴每一條都有上萬年的靈力，用它做的傀儡，只怕伏羲大帝再生，也看不出真假。」

瑲刺破中指，將一滴血滴入人偶的心口，人偶迅速長大，變成了一個和瑲一模一樣的人。人偶幻化的瑲把另一個人偶遞給小六，溫和地說：「要一滴你的心頭血。」

如果不是小六親眼看到他變幻，幾乎要覺得站著的瑲是真的，坐著的瑲才是假的。

小六滴了一滴心頭血給人偶，人偶迅速長大，變成了一個和小六同樣高矮、同樣胖瘦的人，可他的五官卻是一片空白。

靜夜震驚地輕呼，「怎麼、怎麼會這樣？這人偶是塗山先祖傳下的寶物，從沒聽聞這樣的事情。」

小六緊張地乾笑，「大概我長得太平凡了，這人偶辨識不出來。」

璟站了起來，他把手放在人偶的臉上，從額頭細細地往下摸，隨著他的撫摸，人偶漸漸地長出五官，變得和小六一模一樣。

小六如釋重負，笑道：「好了，好了，變好了。」

人偶也笑，用和小六一模一樣的聲音說：「你自己都不知道自己的臉長什麼樣，還責怪我能力低微。」

小六臉色發白，惡狠狠地威脅：「你是已經死了數萬年的狐狸，別作怪！惹火我，我一把火燒了你！」

人偶哼了一聲，走到另一個人偶身旁站住，那假璟居然溫柔地拍拍小六的手，安慰著他。

小六看得目瞪口呆。

靜夜得意地說：「若沒這份生氣，也不會是稀世珍寶，能以假亂真。」

小六心中讚嘆，問璟：「你的計畫是什麼？」

璟說：「讓他們兩個扮成塗山氏的家僕，從塗山氏運送貨物的秘密通道走。今日正好有一隊鏢客要離開，我們變幻容貌，扮作鏢客，大方地離開清水鎮。」

靜夜立即說：「這方法太危險了。顓頊王子發現你們不見後，肯定會在鎮外截查，必定會有靈力高強的神族用神器辨識出真人的容貌，公子的靈力已經完全恢復，沒有問題，六公子卻恐怕沒有辦法。」

璟對靜夜吩咐，「妳帶他們兩個去裝扮。」
靜夜不敢再多言，應道：「是。」帶著兩個傀儡人離開了。

璟走到小六面前，問道：「你變幻的容貌，能躲過任何盤查嗎？」
小六遲疑一下，默默地點了下頭。
璟微微一笑，「那我們就按照這個計畫行事。」
小六的心噗通噗通直跳，期期艾艾地問：「你、你一直都知道我能變幻容貌？」幻形術雖不是什麼高深的法術，但只有靈力高深的人施展出來，才能算幻形，可以瞞住他人。以小六的靈力，是不會有人相信他能施展幻形術的，更不可能相信他能瞞住任何神器的查探。
璟說道：「塗山氏並不是純粹的神族血脈，我們上古時的先祖曾是有大神通的九尾狐妖，所以塗山氏的嫡系血脈天生就會變幻，我有靈眼，幾乎可以看破一切變幻迷障之術，所以我能看到阿念的真實容貌，但我看不破你，你的一切都像真的，只是直覺告訴我你的形貌都是假的，所以……我不能離開你，一旦離開，你就會永遠消失，一點痕跡不留。」
小六呆住，璟居然一直知道他是假的。

靜夜進來稟奏，「一切準備妥當。剛查探過，府外的幾個出口都有人盯著，天上也有四個人在來回巡看，應該是顓頊王子的侍從們。」
璟下令，「妳去讓胡啞把馬車駕進來。」

靜夜領命而去，一個看上去十分憨厚老實的男子駕著一輛馬車進來，打扮成塗山氏家僕的璟和小六坐進了馬車。靜夜等他們坐好，彎身在馬車底下打開了機關，馬車下竟然有夾層，鑽進去，恰好能側身躺兩個人。

小六先鑽了進去，璟跟著他進去。

靜夜頭湊在機關門上，哽咽著說：「公子，他只是收留您六年，塗山氏可以用別的方式報答他，為什麼要以身犯險？」

璟平靜地說：「三日後，妳回青丘。如果順利逃脫，我會去青丘找妳。如果沒有，妳和蘭香找人嫁了吧。」他按了下機括，門關上。

靜夜捂著嘴，壓抑著聲音哭泣起來。

一團漆黑中，什麼都看不見，只能感受到馬車在緩慢的行駛。

因為夾層的狹小逼仄，小六和璟只能緊緊地挨在一起。

小六去找璟求救，本是一時意氣，他想看到璟為難，想聽到璟用各種方法說服他，見俊帝並不可怕，不會有害處，璟甚至會許諾陪他一塊去見俊帝。小六想親耳聽到、親眼看到，用這種幾乎殘酷的選擇，斬斷心底的一絲牽念，讓自己走得無牽無掛，讓玟小六消失得心甘情願、毫不留念。

可是，當小六說不想見俊帝，嘻笑著讓璟幫他時，璟沒有問他為什麼寧可冒死逃跑也不肯見俊帝，也沒有思索所有危險，只是簡單地答應「好」，周密地部署逃跑的每一個細節。

小六心底的那絲牽念不僅沒有被斬斷，反而在蔓延開。

馬車好似和什麼東西相撞了，女人們的尖叫聲，男人們不滿的呼喝聲。

璟按下了機括，夾層彈開，他和小六落下。璟抱著小六迅速地滾出馬車，扶著小六施施然地站起。小六看四周，有不少人正從地上爬起來，他們絲毫不顯眼。

他們身旁是一隊押送貨物的鏢客，一個人看到他們，不悅地斥道：「一個方便就方便了那麼久？還不趕緊去幫忙！」

璟和小六立即鑽進隊伍，站在馬匹旁，和眾人一起，緊張地看守著貨物。

胡啞和撞在一起的馬車又爭吵理論了一番，馬車裡的璟賠了錢，胡啞駕著馬車離去，小六看到好幾個人綴在馬車後。

此時，天已黑。

車隊找了相熟的客棧歇息，大夥停下來吃飯，領頭的鏢客去交貨，又接了一些商人們要寄送回家的貨物。

忙碌完已經是深夜，璟和小六被分配去看守貨物。

夏日的夜晚，即使露宿，也不覺得冷。

整個鎮子都在沉睡，天上的星星分外明亮，小六仰頭看著星星，覺得如果再有一個鴨脖子啃，他根本不相信自己在逃亡。

璟說：「如果睏，就睡一會兒。」

小六低聲說：「鎮子外面應該很熱鬧吧。」顓頊認為他逃了，忙著在外面追他，可他竟然仍在清水鎮。

「明日清晨，車隊就會出發，去高辛。」

小六忍不住笑，顓頊再怎麼想，也不會想到不肯去高辛的他會逃跑去高辛。小六對璟說：「我一直以為你最老實，沒想到這麼奸猾。」

璟說：「明日會很辛苦，你靠在我身上睡一覺。」

小六望著星星不說話，暗啞的聲音傳來，「我、是十七。」

小六依舊望著星星不說話，半晌後，他的眼睛閉上了，頭慢慢地歪過去，輕輕搭在十七的肩頭。

十七一動不敢動，生怕把他驚走，一直等到小六的呼吸低沉平穩了，他才微微地側過頭，溫柔地看著小六。

清晨，小六和十七隨著鏢車隊，出了清水鎮，向著南邊行去。

路上果然設置了關卡，盤查得非常仔細，旅人們排了長長一隊。

小六聽到後邊的人議論：「發生了什麼事？竟然軒轅和高辛都在層層盤查。」

「應該和神農義軍有關吧，聽說昨兒夜裡，靠近清水鎮的山裡火光通明，有很多黑衣人攔堵捕捉進山的人。」

「唉，不會又要打仗了吧？」

「唉，不知道，希望不是。」

等候了半晌，終於輪到小六他們。先是士兵們詢問他們來自哪裡，去往哪裡，一個神族的女子，拿著一方菱花鏡，讓每個經過的人都去照一下鏡子。

有妖族被照出了原形，還有人被照出變化了外形，都被帶到一邊仔細盤問。

小六隨著人流走過去，老老實實地站住，那女子用菱花鏡照了一下小六，鏡子裡的小六沒有絲毫變化，女子揮了揮手，示意小六可以走了。

十七一直坐在車椽上，到女子身旁時，才跳下車，規規矩矩地把頭伸到菱花鏡前，女子看了一眼鏡子，對他身後說：「下一個，快點！」

過了關卡，小六和十七相視一眼，沒有多話，依舊隨著車隊前進。

因為接受盤查，耽誤了趕路，鏢車隊伍的首領催促著，「快點，都快點，山裡有妖獸，要趕在天黑前，進入城池，否則等著餵妖獸吧！」

緊趕慢趕，傍晚時分，鏢車隊伍到了高辛的國界。

兩側山崖高聳，中間是不大的城關，頗有一夫當關、萬夫莫開的氣勢。高辛的士兵站在城門口，檢查著來往的行人車輛。

也許因為顓頊沒想到小六會進入高辛，所以這裡的盤查一如往日，只有幾個神族士兵，站在高高的城樓上，時不時掃一眼人群。

小六和十七隨著鏢車隊伍，順利地入了關。

路上漸漸地繁華熱鬧起來，鏢車隊的首領明顯地鬆了口氣，不再約束大家，眾人都說說笑笑。

天要黑時，鏢車隊終於進城，首領熟門熟路地去了熟悉的客棧投宿。

吃完飯，小六要了熱水，舒舒服服地泡了個熱水澡。

小六穿好衣服出去時，十七早已經洗完。

十七拿了帕子為他擦頭髮，小六問：「我們算是順利逃離了吧？」

十七回道：「剛才進入城關時，附近有一個靈力非常高強的神族。我怕被他察覺，立即完全收斂了氣息，所以無法知道他是否留意到我們。」

小六說：「也許是駐守在此的高辛軍隊的神族將領。」心裡卻有些忐忑。

十七說：「不管是誰，都以不變應萬變，晚上你好好休息。」

小六也明白，只有休息好，才能以最好的狀態應對各種情況。

半夜裡，小六聽到響動，立即睜開眼睛，一個骨碌坐起來。

他看到十七正把水潑灑到地上，又在榻旁放了半盆水，還用茶碗舀水放在四處。做完一切後，十七坐到小六面前，「神族的軍隊包圍客棧了，有兩個靈力十分高強的神族，我一個都打不過。」

小六低聲笑，「如果真順利逃掉了，我會對顓頊失望，現在看來，他還是有幾分本事。」

十七說：「我讓你失望了。」

「胡說，你沒有！顓頊以兩國之力追逼我們，你以一己之力幫我，我們能逃到這裡，已經是奇蹟。」

十七問：「你有多不想見俊帝？」

小六想了想說：「寧死也不見！」

十七把一個狐狸形狀的玉香囊放進小六手裡：「我雖然打不過他們，但應該能拖住他們。我的坐騎在東北方，你待會朝東北方跑，舉起這個玉狐狸，模仿狐狸的叫聲，牠會去接你。」

小六握住了十七的手，「他們會殺你嗎？」

「我是塗山璟，就算俊帝在此，殺我也需要仔細考慮，別的將領絕不敢擅作主張。」

小六笑道：「那我就丟下你跑了。」

十七攬住了他的肩，語聲微微地顫抖，「讓我看一眼你的真容。」

小六微笑著搖頭，「不。」

十七凝視著小六，眼中是難掩的沉重悲傷。只要從這裡出去，小六就可以完全變成另外一個人，只要小六再不做小六，十七就再找不到他了。

小六盯著十七，「你還是願意冒著得罪俊帝的危險，讓我一個人逃掉？」

十七點了下頭。

顓頊的聲音傳來，「玟小六，滾出來！你再逃，我就打斷你的狗腿！」

「幻化成他們的士兵逃走。」十七在小六耳畔叮囑。

十七點水為煙、化氣為霧、他變做了玟小六，走到窗前，推開了窗戶，顓頊說：「你現在乖乖出來，我會考慮讓你少吃點苦頭。」

煙霧漸漸地從屋子裡瀰漫出來，越來越濃烈，形成了迷障，將整座客棧都困在裡面。

顓頊氣惱，立即命人破陣。

小六藉助十七給的玉狐狸香囊，能在迷霧中看清楚路。

他變幻成一個顓頊的侍從，悄無聲息地逃出了客棧。

小六向著東北方奔逃，他高高地舉起玉狐狸香囊，一隻大仙鶴落下。小六上了鳥背，仙鶴馱著他，繼續向著東北方飛，小六頻頻向後張望，總覺得心裡不踏實。

顓頊的聲音如春雷一般傳來，「玟小六，和你在一起的人是葉十七，我殺個葉十七並不是什麼要緊事情。」

小六長嘆了口氣，果然翻臉無情、心狠手辣，難怪黃帝喜歡顓頊。

小六恢復了玟小六的容貌，策著坐騎返回。

沒飛一會兒，就看到顓頊迎面飛來，他身後的囚籠裡關著十七。

一個侍衛上前，小六束手就擒，顓頊盯著小六，冷冷下令：「打斷他的雙腿。」

侍衛對著小六的雙腿各踢了一腳，小六雙腿劇痛，軟倒在地上。

「把他丟進囚籠。」

小六被塞進了囚籠，他爬到十七身邊，「十七、十七……」

十七雙目緊閉，昏迷不醒。

小六檢查了一下，放下心來，十七是因為以一人之力，和兩個靈力高強的神族對抗，靈力耗盡，雖然有內傷，但沒有性命之憂。

小六的腿痛得厲害，他靠到十七身上，自言自語地低聲嘮叨：「早知道這麼辛苦都逃不掉，還不如不逃。可如果不逃，我又怎麼能知道你願意遂我心願呢？可是現在該怎麼辦？如果你不要答應幫我多好，我就能痛快地斬斷牽念了。如果剛才被圍困住時，你不要讓我獨自逃多好。桑甜兒渴望著一個男人去拯救她，可其實男人壓根不能拯救她，男人給了桑甜兒幾滴蜜，把一種痛苦變成了另一種。生活對桑甜兒而言，就是個火爐，日日炙烤得她很痛苦，男人看似抱起了她，使她免於痛苦，可實際男人只是把桑甜兒的痛苦從被炙烤變成恐懼著男人會放手再次被炙烤的痛苦，哪種更痛苦呢？

也許很多女人願意承受被抱著的痛苦，好歹偶爾有幾滴蜜，好歹沒有被炙烤了，好歹可以希望男人永遠不會放手，可我不會！我寧願被炙烤著日日痛苦。我的雙手自由，痛苦會讓我思謀著逃脫，可被人抱著時，我因為恐懼他的鬆手，會用雙手去緊緊抓他，會因為他給的幾滴蜜忘記思索。其實，最終拯救桑甜兒的仍然是她自己，不是男人！桑甜兒有一個我去成全，可是誰會來成全我呢？神能成全人，誰來成全神呢？顯然沒有！我還是覺得躲在硬殼子裡比較安全，我這輩子已經吃了太多苦，我不想再吃苦，再受傷了……」

一夜一日後，小六和十七被押送到了五神山。

顓頊下令把他和十七關進五神山下龍骨建造的地牢，小六苦笑，看來這次的逃跑，讓顓頊十分生氣。這座龍骨監獄可不是什麼人都有資格進的。

獄卒們對小六非常不客氣，明知道他腿上有傷，還故意去踢他的腿，可對昏迷不醒的十七卻不敢折辱，輕拿輕放地抬進牢房。

看來顓頊雖然很生氣十七幫小六逃跑，要給十七一點苦頭吃，讓十七明白軒轅王子的威嚴不可冒犯，卻畢竟顧忌塗山氏，只敢囚禁，不敢折辱。

獄卒重重關上牢門，小六用雙臂爬到十七身旁，不滿地打了他幾下，偎在他身旁。

地牢裡漆黑一片，什麼都看不見。

小六閉上了眼睛，腿上的疼痛一波一波，可漸漸地，也昏昏沉沉睡了過去。

小六醒來時，不知道過了多久，死亡一般的黑暗讓時間都好似凝滯。感覺到自己的手被握著，他輕輕動了下，聽到十七叫：「小六，你醒了？」

「嗯，躺久了，有點難受。」

十七坐了起來，想扶小六坐起，卻牽動小六的腿傷，小六痛哼一聲。十七摟住他，「你受傷了？」

「嗯。」

「在哪裡？」

「腿上。」

十七摸索著去摸小六的腿，小六覺得疼痛減輕了許多，忙說：「你身上有傷，別亂用靈力了。」

十七不理他，又去摸小六的另一條腿，小六不滿，「你不聽話！」

十七不吭聲，隨著他的手緩緩撫過小六的腿，小六腿上的疼痛緩和了。

十七扶著小六坐起，讓他靠在自己身上，坐得舒服一些。

十七問小六，「你不肯見俊帝，是因為俊帝見到你，就會殺你嗎？」

小六明白，十七並不是想探查他不想見俊帝的原因，十七只是想確認俊帝究竟會對小六做什麼，這樣他才能考慮對策，確保小六沒有生命之危。

小六沉默了一瞬，說：「俊帝不會殺我。」他這樣拚命地逃脫，顓頊肯定也想岔了。俊帝曾斬殺了自己的五個弟弟，並株連五王的兒女，有傳言說五王有後代流落民間，顓頊只怕是把他當作五王之子了。

十七還是不放心，對小六說：「這世間看似越嚴重的事情其實越簡單，逃不過利益二字，說穿了不過都是生意，即使是黃帝和俊帝，我也可以和他們談談生意。」

小六道：「我不想見俊帝是別有原因，十七，別再擔心我的安危了，我保證俊帝不會殺我！」

十七聽小六語氣很鄭重，放下心來。

小六忍不住唇角噙著笑意，所有人都會因為有人擔心而覺得開心。

這座龍骨地牢因為建在山底，沒有任何光源，幾萬年集聚的黑暗，帶著絕望的死氣。每間牢房都是封閉的空間，沒有一絲聲音，就好似整個世界都死亡了。

十七靜靜地摟著小六，小六安靜聆聽著他的心跳。在這死亡之地，隔絕了所有紅塵誘惑、所有人世牽絆、所有利益選擇，讓男人和女人之間本來複雜的關係變得十分簡單，只剩下他與她。小六竟然覺得身有所倚，反而心很安寧。

小六說：「乾脆我們永遠都不要出去了，就在這裡面待著吧。」

「好。」

「好什麼？」

「待在這裡很好。」

「哪裡好了？」

「只有你、我。」

小六輕聲地笑，原來十七也很明白。這世上有時候很多的複雜在於環境，荒遠深山裡多的是白頭偕老的夫妻，繁華之地卻多是貌合神離的怨偶。

小六問：「十七，你是因為恩情才對我這麼好的吧？」

十七身子僵硬、遲遲沒有回答。小六倚著他而坐，手放在他的胸口，能感受到他的心跳越來越急，好似就要蹦出來。小六依舊淡淡地說：「我救了你，收留你六年，但這次你也算對我仁至義盡，等我們出去後，我們就算真的兩清了。你放心，我以後再不會去麻煩你，保證離你遠遠的……」

小六的嘴被十七捂住了，小六嗚嗚幾聲，十七都不放，小六頑皮地用舌尖舔了一下他的掌心，十七和觸電一樣，立即逃開。小六也被自己嚇住了，半張著嘴，臉火辣辣地燒了起來。

兩人都沉默僵硬。

好一會後，十七才聲音暗啞地說：「我不會離開你。」

「為什麼？為什麼不離開？是想報恩嗎？可我說你的恩已經報了。」

十七沒有回答小六的為什麼，只固執地說：「我不會離開你。」

「難道你還想跟我一輩子不成？」

十七沉默了一瞬，低沉卻堅定地說：「一輩子。」

小六嘆氣，「我是個男人，你不覺得自己奇怪嗎？」

這次十七倒是回答得非常快，「妳是女子。」

小六其實心裡也早就感覺到十七應該知道她是女子，雖然不知道十七到底是如何知道的，「你怎麼就這麼確信？連相柳那麼精明的傢伙都不敢確認我是女子。」

十七輕聲地笑起來，「因為他沒見過妳……」他忽然閉了嘴。

「沒見過我什麼？」

十七不肯說，小六越發好奇，「沒見過我什麼？」小六仰著頭，搖著十七的胳膊撒嬌，「沒見過我什麼，告訴我，告訴我嘛！」

小六向來是一副無賴男兒的樣子，第一次流露出小女兒的嬌態，雖然牢房黑暗，十七看不真切，可已經節節敗退，他低聲說：「我傷剛好轉時，第一次用浴桶洗澡，妳坐在旁邊，我看到……妳看著我的身體……臉燒紅，我知道妳對我……」

小六哎呀一聲，用手捂住臉，「你胡說！我沒有，我才沒有！」

「我沒有胡說。」

「你就是胡說，就是胡說，我從來不臉紅！」

「我沒有。」

十七向來順著小六，這是第一次固執地堅持，小六不幹了，扭過身子，不肯理十七，也不肯靠著十七，用行動表明除非十七承認自己胡說，她才會原諒他。

十七叫小六，小六不理他。十七拉小六，小六也不理他，他又怕她腿痛，不敢用力。

十七沉默了，小六也覺得委屈，小聲抱怨，「這麼點事，你都不肯讓著我。」

十七道：「不是小事。」

小六癟著嘴，哼了一聲。這都不算小事，那什麼算小事？

十七思索了一會，緩緩說道：「從小到大，我一直是天之驕子。有女子苦練十年舞，只為讓我看她一眼。有名士不遠萬里去青丘，一住七年，只為能和我下一盤棋。有人不惜萬金求我一幅畫，也有人叫我一字之師。我曾覺得那就是我。那人拘禁我之後，折磨了我兩年，日日辱罵我，說我什麼都不是。我不屑於去反駁，一直沉默地忍受他的折磨。他氣急之下，說他可以證明給我看。他帶我去了我曾去過的地方，每個白日，他把衣衫襤褸、腿不能行、口不能言、渾身惡臭的我放在鬧市區，人來人往，可真如他所說，沒有一個人願意看我。很多次，我看到熟識的人，用力爬過去，企圖接近他們，他們或者扔點錢給我後立即憎惡地躲開，或者叫下人打走我。他大笑著問『看見了嗎，這就是你！』

整整一年，他帶我走了很多地方，沒有一個人願意接近我，我真正明白，剝除了那些華麗的外衣，我的確什麼都不是。他知道我已被徹底摧毀，把我扔進河裡，他沒有殺我，因為他知道我已經死了。我不知道漂浮了多久，有意識時，我在灌木叢裡，知道自己會就這樣爛死，我只是想在死前晒一次太陽，掙扎著往陽光下爬。我昏沉沉地睡著了，知道再看不到第二天的太陽，也不想再醒來。但是，老天讓妳出現了……」

小六早忘了生氣，慢慢地轉過身子，靠在十七的肩頭，靜靜聆聽，十七的額頭貼著小六的頭髮，「我睜不開眼睛，看不到妳，我只能感受一切。妳怕我害怕，告訴我妳的名字；妳怕我尷尬，和我講笑話。妳輕輕地為我擦去汗，妳把我抱在懷裡，為我洗三年沒有洗過的頭髮。我知道自己的身體有多麼恐怖醜陋，妳卻如同那是一件珍寶，細膩地呵護。三年的折磨和羞辱，連我都沒有辦法面對自己的身體，甚至都不敢走出屋子。可那天我洗澡時，妳看到我的身體，臉燒得通紅。那一瞬我才覺得真正活了過來，在妳眼中，我仍然是一個……男人，能讓妳心……」

小六大叫，「不許說！」

十七眼角有淚涔出，印在小六的髮上，喉嚨裡卻發出低沉的笑聲，「妳抱我出浴桶時，壓根不敢看我。把我放在榻上，話都沒說完整就落荒而逃。妳說我怎麼可能把妳當男人？」

小六捶他的胸膛，低聲嘟囔，「你個奸猾的！我一直以為你最老實！我被騙了！」

十七說：「那一日，我穿好衣服，推開屋門，走到了太陽下，看著久違的藍天白雲。在別人眼裡只是不值一提的舉動，可於我而言，卻是一次鳳凰浴火、涅槃重生。小六，那時我就決定了，我永不會離開妳。」

小六低聲說：「鳳凰涅槃，是昔日一切都化為灰燼，隨風消散，你卻無法擺脫你是塗山璟的過去。」

「我的父親在我出生後不久就去世了。我有個雙胞胎大哥叫塗山篌，他自小和我不一樣，他喜歡養猛禽鬥惡獸，十分飛揚跳脫，我喜歡琴棋書畫，更文雅溫和，不過我們都很善於做生意，雖然手段方式不同，也只是各有千秋，不分勝負。

因為是雙胞胎，我和大哥一起學習、一起做事，免不了被人拿來比較，其實大哥並不比我差，也許我琴棋書畫比他強，可他的靈力修為比我高，任何招式一學就會，但母親一直對他很冷漠，不管他做什麼都是錯。

因為母親的態度，周圍人自然也都喜歡讚美我、貶損他。大哥十分努力，幾乎拚命般地勤奮用功，想得到母親的讚許，但母親對他只有不屑，甚至可以說自小到大，母親一直在用各種方式打擊羞辱他，我卻不管做什麼，都能得到母親的讚許。

我們長大後，在母親的扶持下，整個家族的權勢幾乎都在我手中，母親為我挑選了防風氏的小姐為妻，卻把一個婢女指給大哥為妻，我為大哥鳴不平，大哥卻像以前一樣，為了討好母親，毫不猶豫地娶了他根本不喜歡的婢女，但母親依舊對他很冷漠。

母親病危時，大哥服侍她吃藥，母親把藥碗砸到大哥臉上，讓他滾，說看到他就噁心。大哥終於忍不住了，他哭著問母親為什麼那麼偏心，母親辱罵他，說因為你就是不如你弟弟，你心思汙穢、性情卑劣，連你弟弟的一個腳趾頭也比不上。

沒多久，母親去世了。我很悲痛，但我覺得大哥更痛苦，他不僅僅是因為失去而痛，還因為一生一世再無法得到母親的認可。

母親去世後，大哥開始酗酒，不管誰勸，他都會說世上有個塗山璟已經足夠，不需要卑賤沒用的塗山篌，奶奶不想他毀掉，無奈下才告訴我們大哥並不是母親的親生兒子，他是父親和母親貼身婢女的孩子，那婢女生下大哥後就自盡了，因為大哥和我只相差八天出生，所以奶奶做主，對外宣布母親產下了雙胞胎。

大哥知道這個消息後，不再酗酒頹廢，開始振作，我因為對他心懷愧疚，對他很謙讓，奶奶很欣慰，常常誇讚我仁厚，叮囑大哥要多幫我。母親去世後的第四年，奶奶打算為我舉行婚禮，說等我成婚後，就對天下宣布我是塗山氏的族長。有一日，大哥突然來找我，說有要事相談，我沒有疑心，跟著他離開。等我醒來時，已經在一個封閉的地牢裡，靈力被封，四肢被龍骨鍊子捆縛住。」

十七一口氣講述到這裡，那些殘酷痛苦的折磨、無休無止的羞辱，好似又回到了眼前，在黑暗中襲來，他的身子不自覺地緊繃，小六忙一下下撫著他的心口，輕聲地說道：「這裡不是那個地牢，我在這裡，十七，我在這裡。」

十七的頭埋在小六的烏髮裡，半晌後才平靜下來，「被折磨羞辱時，我也曾想過如果我能逃出去活下來，必要他痛不欲生。可如果真是那樣，縱然我活下來，我也死了，不再是一個完整的人，只是一個被屈辱和仇恨折磨的可憐人。幸運的是妳救了我。不管我再殘破醜陋，妳都視若珍寶，小心翼翼地照顧，不管我身上有多少恐怖的傷痕，妳都會因為我……羞澀臉紅……」這一次小六沒有阻止十七，而是靜靜地傾聽。

「小六，我看到妳，心裡沒有仇恨，只有感激。感激老天讓我仍然活著，並且讓我身體健全。我的眼睛仍然能看，能見到妳耍賴扮傻，我的耳朵仍然能聽，能聽到妳嘮嘮叨叨；我的雙手仍然靈巧，能幫妳擦拭頭髮；我的雙腿依舊有力，能背著妳行走。小六，我不想報仇，只想做葉十七。」

小六低低嗯了一聲。

十七說：「我不想回去，大哥很能幹，行事比我果敢狠辣，其實比我更適合做塗山族長，只要他在，塗山氏會很好。只要沒有塗山璟，塗山篌就是最好的。可是，那天我跟妳去了珠寶鋪子，塗山家的生意太多，我根本不知道那鋪子是塗山家的，靜夜叫破我的身分，整個鋪子的人都看到了我，大哥很快就會知道塗山璟還活著。

我不想報仇，更不想做塗山璟，但大哥不會知道，不管我走到哪裡，他都會追著我，我怕他會傷害妳和老木他們，所以我必須回去做塗山璟。只有我在，他清楚地知道目標在哪裡，才不會亂射箭。」

小六嘆息，「你不傷他，他卻要傷你，為了自己的安危，應該殺了他，但殺了他，你會良心不安，看似他死了，實際上他一瞬痛苦就解脫了，你卻要背負心靈的枷鎖過一輩子，其實是你吃虧。這麼算下來，還是不能殺他。」

十七歡喜地說：「我就知道妳會支持我。靜夜他們都不能理解為什麼我不肯復仇。」

小六無奈地說：「我和你不一樣，你是仁善，我是精明。」

十七低聲說：「妳是為我打算的精明。」

小六哼哼了兩聲，沒有說話。

十七的氣息有些紊亂，心跳也開始急促，小六知道他想說什麼，卻不好意思說。小六也不催，只是如貓一般，蜷在他肩頭，安靜地等著。

「小六、我、我……我知道我有婚約在身，沒有資格和妳說任何話……我也一直不敢想……可、可是……我會取消婚約，我一定會取消婚約！妳等我二十年……不、不……十五年，十五年，妳給塗山璟十五年，十五年後，塗山璟還妳一個葉十七。」

小六低聲問：「怎麼等？」

「妳、妳不要讓別的男人……住進妳心裡。」

小六沉默。

黑暗中，十七看不到她的任何表情，緊張地忘記了呼吸。

小六噗哧一聲笑了出來，十七卻壓根不知道她的笑聲是嘲笑他的荒謬請求，還是……

小六說：「你啊，太不瞭解我了。我的心很冷，外面有堅硬的殼子，別說十五年，恐怕五十年都不會讓個男人跑進去。」

十七忙道：「那妳是答應了？我們擊掌為盟。」

小六懶洋洋地抬起手，十七先摸索到她的手在哪裡，然後重重和她的手掌擊打在一起，擊掌後，他沒有收回手，而是順手緊緊握住，「小六，我、好開心。」他的聲音微微地顫著，顯然是太過喜悅了。

小六忍不住嘴角也翹了起來，「你說凡事說穿了不過都是生意，看到你這樣子，我怎麼覺得我這筆生意虧了？」

十七搖了搖小六的手，「我說越是看似重要的事情越像生意，不外乎利益，可唯情之一字，永不可用利益去衡量。父母子女之情、兄弟姊妹之情、朋友之情、男女之情，都是看似平常簡單，無處不在，卻又稀世難尋、萬金不換。」

小六笑嘻嘻地說：「老聽人家說塗山璟非常會做生意，談生意時又風趣又犀利，我總不相信，你老是笨笨的樣子，說話也不俐落，今夜我算真正領教到了。」

十七輕聲地笑，他的笑聲就如他的人，溫柔、平和、純粹。

小六說：「十七，我和你不一樣，我不是生意人，可我在大事上一直算得很清楚，我是個很心狠的人，對別人心狠，對自己更心狠。你明白嗎？」

「我明白。」

小六笑嗔，「誰知道你是真明白，還是假明白。」

十七說：「我知道妳不會給自己希望、不會先信任，不會先投入，桑甜兒願意用虛情假意去賭一生，妳卻即使是真心實意，如果對方不珍惜，妳也會捨棄。我願意等，等到妳願意時。」

「如果一輩子都不願意呢？」

「那就等一輩子。只要妳別消失，縱使這樣過一輩子，也是好的。」十七微笑起來，小六對自己的確心狠，可其實她對別人一直都很好，老木、桑甜兒、麻子、串子……她只是他們生命中的過客，但她成全了他們每個人。

死一般的黑暗，死一般的寂靜，這座大荒中赫赫有名的恐怖地牢，本應該讓被囚禁者度日如年，痛不欲生。

可小六和十七相依著說話，都不覺得時間流逝，十七很慶幸顓頊把他和小六關在這裡，讓他有勇氣說出奢望，他甚至內心深處真的不想出去了，願意就這樣相依一輩子。

獄卒的腳步聲響起時，十七只覺得一切太短暫。

獄卒恭敬地請他們出去，態度和送他們進來時，截然不同，抬了竹架子來，點頭哈腰地想把小六抬到竹架子上。

十七不肯讓他們碰小六，抱起了小六，跟在提燈的獄卒身後。

走出地牢時，白日青天、陽光普照，小六眼睛刺痛，趕緊閉上了眼睛。

小六聽到顓頊問十七，「你想我以什麼禮節款待你？葉十七還是……」

十七回答得很乾脆，「葉十七。」

顓頊說：「隨我來吧。」

小六睜開了眼睛，他們正走在山腳下，舉目遠眺，是無邊無際的大海，一重又一重的浪潮洶湧而來，拍打在黑色的礁石上，碎裂成千重雪。

小六忽然心有所動，覺得有人在叫她，她對十七說：「去海邊。」

十七抱著小六走下石階，穿過樹林，來到海邊，站在了礁石上，顓頊並未阻止他們，只是默默地跟在他們身後。

又一重海浪翻捲著從遠處湧動而來，青色的海潮越升越高，來勢洶湧，就在那青白相交的浪潮頂端，一道白影猶如驅策著浪花，飛馳而來。

白影在浪花上站定，原來是一名白衣白髮、戴著面具的男子，他立在浪花中，就如站在朵朵白蓮中，纖塵不染、風姿卓絕。

侍衛們嘩啦一下全湧了過來，顓頊詫異地看著相柳，打趣道：「相柳，你就這麼想殺我？竟然敢追到五神山來？」

相柳笑道：「此來倒不是為王子殿下。」他看向小六，「被敲斷腿了？妳幹了什麼，惹得高辛的軍隊雞飛狗跳？」

小六這才想起相柳身上有蠱，她的腿被敲斷時，相柳應該有察覺。

小六嘻嘻一笑，「就我這點本事能幹什麼呢？一場誤會而已。」

相柳說：「腳下是大海。」

小六明白了相柳的意思，只要她躍入大海，相柳就有可能帶她離開。但是，這裡是五神山，高辛有很多善於馭水的神族將領，相柳一個人也許還能來去，再帶一個，只怕死路一條。況且，她走了，十七怎麼辦？

小六笑道：「謝了，你的人情還是少欠點好。」小六對十七說：「回去。」

十七躍下了礁石，走回岸上。

相柳對小六的拒絕，只是哂然一笑，「別忘記，妳還欠著我的債務，死人是沒法還債的。」

小六大笑道：「放心，我一貫貪生怕死，一定等著你來討債。」

相柳的視線從十七臉上掃過，落在顓頊身上，對顓頊頷首，說道：「告辭！」身影立刻消失在浪花中。

侍衛們想追擊，顓頊說：「不用白費工夫了，他能從海裡來，自然能從海裡走。以後加強山腳的巡視。」

小六看著礁石上碎裂的浪花，有些茫然，相柳萬里而來，就是問她兩句話？

顓頊走到雲輦旁，抬手邀請小六，「我們乘車上山。」

十七抱著小六上了雲輦，沒有多久，雲輦停在五神山上最大的宮殿承恩宮，這座宮殿的華美精巧、風流旖旎在大荒內曾赫赫有名。據說很久很久以前，有位神農的王子因為見到此宮殿，還曾發動了一次戰爭攻打高辛。不過，這一世的俊帝繼位後，不喜奢華、不喜宴飲、也不喜女色，整個後宮只有一位妃子，所以承恩宮十分冷清。

顓頊笑對小六和十七說：「承恩宮到了。」

小六好似睡著，頭靠在十七懷裡，緊閉著雙眼。十七對顓頊微微頷首，躍下雲輦，隨著顓頊進了宮殿。

顓頊說：「這是華音殿，我來承恩宮時就住這裡，你們也暫時住這裡吧。昨日到五神山時，天色已黑，我還沒去拜見師父。今日散朝後，我就會去見師父，向他稟奏已經將妳帶到。小六，妳做好準備，陛下隨時有可能召見妳。」

小六睜開了眼睛，「給我藥！」

顓頊笑道：「給妳藥治腿可以，但妳即使腿好了，也最好不要亂跑，如果撞見了阿念，可不會僅僅斷兩條腿。」

小六看著顓頊，欲言又止，一瞬後，嚷道：「我餓了。」

顓頊命婢女端上飯菜，等小六和十七吃完飯，他命婢女帶小六和十七洗漱換衣。

十七抱著小六到了浴池旁，小六說：「婢女會照顧我，你也去洗漱吧，把地牢裡的晦氣都洗掉。」

兩個婢女服侍著小六沐浴、換好衣衫。

十七早已洗漱完，換了乾淨衣衫，在外面等候，看到婢女抬著小六出來，忙快步走過來。

高辛一年四季都溫暖，服飾很輕薄，講究飄逸之美，喜穿木屐。此時，十七身著天青色的高辛衣衫，寬袍廣袖、輕衣緩帶、玉冠束髮、足踏木屐，行走間，步如行雲、衣袂翩飛，真正是明月為身，流水做姿。

兩個婢女看得呆住，小六也是目不轉睛。十七有些赧然，微微垂下了眼眸，卻又好像很喜歡小六看他的樣子，迎著小六的目光，走到了小六面前。

小六調笑道：「難怪有女子為求你一顧而不惜練舞十年，此番你回去，只怕也少不了女子求你一顧。」

十七侷促不安，好似生怕小六誤會，急急地說：「我不會看的。」

小六覺得心裡有些甜，可又不希望被看出來，故作不耐地扭過了頭，「你看不看，和我有什麼關係？」

有醫師來為小六治腿，十七在一旁幫忙。

醫師先抹了藥膏，再用歸墟水眼中的水種植出的接骨木把小六的腿包裹住，小六覺得兩條小腿猶如浸潤在涼絲絲的水中，幾乎感覺不到疼痛。

醫師對小六說：「儘量不要用腿，多靜養，慢則兩三月，快則一月就能長好。」

小六笑和醫師作揖道謝，又麻煩醫師幫十七看一下，醫師檢查過後，慷慨地給了十七一小瓶治療內傷的上好靈藥。

醫師走後，小六對十七說：「雖然你身上的傷痕，再好的靈藥也除不掉了。一般的傷，很難在神族的身體上留下疤痕，可塗山篌折磨十七，每次施用完酷刑，都會用特製的靈藥水潑十七，既能讓十七保持清醒，痛苦加倍，又能讓那些恥辱的印記永遠烙印在十七身上。小六當年就仔細思索過如何除掉那些可怕的傷痕，但是思索了一年，想遍天下靈藥，發現永不可能消除。

小六盯著十七的腿，邊思量邊說：「但高辛宮廷裡頗有些好東西，也許能治好你的腿，只是要吃點苦頭。」十七右腿上的舊傷，因為身有靈力，走快時不會察覺有異，但走得慢時，就能看出來有些瘸。

十七搖了下頭，「我不在意。」

小六笑笑，不自禁地掩嘴打了個哈欠，十七說：「妳睡吧。」

小六抓著他的衣袖，「你也該休息一下，可我不想你離開。」

「我靠著也能睡著。」十七坐到榻側，靠在睡屏上。

小六闔上了雙目，手卻一直捏玩著十七的衣袖。十七端起一杯水，握在掌中，杯子中騰起白煙，縈繞著小六，小六的手慢慢地不動了。

十七覺得，自從地牢出來，小六就一直在努力掩飾內心的緊張，他推測和俊帝有關係，以小六的性子，不可能是因為俊帝的權勢，那只能是因為俊帝個人。

十七輕輕握住小六的手，低聲說：「不管怎麼樣，我都會陪著妳。」

第九章

只是朱顏改

三百多年了，她已經不是鳳凰樹下、秋千架上的小姑娘。
她的生命就是謊言、鮮血、死亡，所有人都在欺騙，
她不知道該相信誰，也不知道該以何種身分站在眾人面前……

夕陽西斜時，有宮人來請小六，說俊帝9想見她。

看到小六的腿有傷，宮人命侍者抬了肩輿，十七把小六抱放在肩輿上。

侍者抬著小六，十七跟隨在旁，疾步走了一炷香的時間，來到俊帝日常處理朝事的朝暉殿。侍者們把肩輿停在殿門外，宮人上前奏報。

等聽到內侍命他們進去，十七抱起了小六，殿門旁的侍者想阻攔十七，顓頊的聲音傳來，「讓他進來。」

十七抱著小六直走了進去，幽深的殿堂內，正前方放著一張沉香榻，榻上坐著一個白衣男子，那男子五官冷峻，有若極北之地的冰峰雕成，容貌並不算老，約莫三十來歲，可烏髮中已經夾雜了不少白髮，難言的滄桑。

十七把小六輕輕地放下，叩拜行禮，「草民葉十七參見陛下。玟小六腿上有傷，不便行禮，請

陛下恕罪。」

俊帝卻好似什麼都沒聽到，只是盯著小六。

在沒有進殿前，小六一直很緊張，反常地沉默著，可此時，他反倒泰然自若，笑看著俊帝，任由俊帝打量。

半晌後，俊帝對十七抬了抬手，示意他起來。

俊帝問小六：「誰傷妳的？」

小六笑瞅了一眼顓頊，沒有說話。顓頊躬身回道：「是我，她一再抗命想要逃跑，我下令小施懲戒。」

俊帝深深盯了一眼顓頊，問小六：「妳還沒用晚膳吧？」

「還沒。」

俊帝對一旁的侍者吩咐：「一起。」

「是。」侍者退出去，傳召晚膳。

就在朝暉殿的側殿用膳，屋子不大，幾人的食案放得很近。俊帝坐了主位，顓頊在他左下方，

9俊帝（俊讀音ㄕㄨㄣˋ），通甲骨文中的夋字，是太陽中鳥的意思。《山海經》中有三大神系，東方的帝俊系由於是戰敗族，事跡湮沒消失，《山海經》中並無記載，只在郭璞編注的《山海經校注》中保存了部分殘片，依稀可以看出這一神系當年的顯赫。

小六坐在他的右下方，和顓頊相對，十七坐在小六下方，方便照應小六。

按照一般人的想像，一國之君的晚膳應該很複雜，可俊帝的晚膳卻十分簡單，簡單的就好似大荒內最普通的富貴之家。

俊帝吃得不多，也不飲酒，儀態端正，舉止完美，顓頊和十七也是一食一飲、一舉一動莫不優雅到賞心悅目，咀嚼、飲酒、舉杯、擱碗，都沒有一點聲音，有著無懈可擊的風姿。

整個側殿內，只有小六不時地發出刺耳的聲音，小六大吃大喝、儀態粗俗，吃得興起，她也不用筷子，直接用手抓起肉，吃得滿嘴湯汁。

吃完後，小六的雙手在衣服上蹭，侍者跪在小六身側，雙手捧著蓮花形狀的玉盞，裡面是漂浮著花瓣的水。小六用袖子抹了一下嘴，困惑地看著侍者手中的玉盞，突然好像明白了，趕緊端過蓮花玉盞，咕咚咕咚地把淨手的水喝了，侍者驚駭地瞪大眼睛，小六衝他笑，把玉盞塞回給他，「謝謝啊！」

幸虧這群侍者是服侍俊帝的宮人，早養成了謹慎沉默的性子，驚異了一瞬，立即恢復正常，當作什麼都沒看到，依舊恭敬地服侍著小六。只是下次端上什麼東西前，一定會小聲地報上用途。

顓頊也不知道是被小六的聲音煩著，還是吃飽了，他擱下筷子，一邊飲酒，一邊時不時看一眼小六，俊帝卻自始至終沒有對小六的任何行為表現出反應。

小六吃完了肉，還不肯放棄骨頭，如平時一般，用力吮吸著骨髓，發出滋滋的聲音。可平日裡，大夥一邊說話一邊吃飯，都發出聲音，也不奇怪，此時在君王的殿內，侍者們連呼吸都不敢大聲，小六吸吮骨髓的聲音簡直像雷鳴一般。

侍者們僵硬地站著，連動都不敢動，心隨著小六的吮吸聲狂跳。十七倒是鎮靜，面無表情，慢條斯理地用飯，顓頊卻厭惡地蹙眉。

俊帝終於看向了小六，小六也終於察覺到殿內的氣氛很詭異，她含著骨頭，眼珠子來回看了一圈，訕訕地把骨頭呸一口吐出來，一個侍者眼明手快，用手接住了。

小六陪著笑，給俊帝作揖，「我是鄉下人，第一次吃這麼好吃的東西，也不懂什麼規矩，陛下勿要責怪。」

俊帝凝視著小六，好一會後問：「妳往日裡都喜歡吃什麼？」

「我啊，什麼都喜歡吃，正菜最喜歡吃烤羊肉。」

「零食呢？」

「鴨脖子，雞爪子……」小六吞了口口水，「還有鵝掌。」

「都喜歡什麼味道？我讓御廚做給妳，還來得及睡前聽著故事吃一些。」

小六沉默了，只是看著俊帝。

顓頊眼中疑雲頓起，手輕輕地顫著，酒水潑灑了一身，他都沒有察覺，只是盯著小六看。

小六忽而一笑，「什麼味道都成，鄉下人不挑。」

俊帝對身後的侍者吩咐：「每種味道都做一份。」

小六扭頭對十七說：「我吃飽了，想回去休息。」

十七對俊帝行禮，俊帝道：「你送小六回去。」

十七抱起小六，走出了殿門。顓頊不自禁地站起，盯著小六，直到小六的身影消失，他猛地轉身，急切地問俊帝：「師父，她是誰？」

俊帝問：「你以為他是誰？」

「師父要我去把她帶回來時，曾說過也許她是故人之子，我本來以為她是那五個造反的罪王的兒子，聽說中容的一個妃子善於用毒，還企圖毒害過師父，小六也恰好善於用毒，我以為……可、可師父，你剛才說她可以睡前邊聽故事、邊吃零食，小夭、小夭……」顓頊又是緊張興奮，又是恐懼害怕，聲音顫抖得變了調，幾乎說不下去，「妹妹小時就喜歡邊聽姑姑講故事，邊吃零食。為了晚上能吃零食，晚飯都不肯好好吃，姑姑訓斥她，她還頂嘴說爹爹就允許我吃零食。」

相比顓頊的失態，俊帝平靜得沒有一絲波瀾，「我看不破她的幻形術，並不知道她究竟是誰。」

顓頊跪坐在俊帝面前，呆呆愣愣，半晌後，才說：「師父肯定也很懷疑吧？」

俊帝沒有說話，顓頊猛地跳了起來，向外衝去，「我去問她，我要問問她究竟是誰？為什麼不肯認我？」

「站住！」

俊帝冷漠的聲音讓顓頊停住了步子，顓頊不解地回頭，「難道師父不想知道嗎？小夭是您的女兒啊！」

俊帝的右手摸著左手小指上的白骨指環，緩慢地轉著圈，「她是誰，不是由我們判定，而是由她自己決定。」

顓頊不解，卻知道師父從不說廢話，他只能跪坐下，靜靜聆聽。

「這世間的傷害不僅僅會以惡之名，很多的傷害都是以愛之名。你想知道她是誰，我也想知道。但不要去追問她，給她時間，讓她自己告訴我們。」

顓頊搖頭，「我不明白為什麼……」

俊帝站了起來，走出宮殿，「你會明白。」

顓頊呆呆地坐了良久，才站起來，深一腳淺一腳，猶如喝醉一般，走回華音殿。

小六和十七兩人背靠著廊柱，坐在龍鬚席上乘涼。十七腿上放著一個水晶盤子，裡面放著山竹、荔枝、枇杷、龍眼……各色各樣的水果。十七剝開一個龍眼，遞給小六，小六說：「不要。」十七放進自己嘴裡，又剝開一個山竹，分了一半給小六，小六一瓣瓣吃著。

看到顓頊，十七禮貌地直起身子，頷首為禮。小六卻躺著沒動，只是大大咧咧地笑著揮揮手。

顓頊走了過去，坐在他們對面。

和小六相識以來的一幕幕，走馬看花般地在腦海裡重播。

他下令對她動用酷刑，讓她的雙手骨肉分離，本算結下了大仇，可她以身護他，拚死相救。他卻懷疑相救是為了施恩，只是一個陰謀的開始。

被九命相柳追殺時，裝白狐尾巴的玉香囊碎裂，可白狐尾巴沒有丟失，反而在他懷裡。

他被防風氏一箭洞穿胸口，他以利用之心叫她來，甚至決定必要時，用箭洞穿她胸口，以他傷染她傷，讓她也血流不止，誘迫塗山璟去找防風意映拿止血藥，他好派人趁機奪取。可她毫不猶豫地趕去找塗山璟，為他盜取冰晶。

她給他種下蠱，雖然她說只是疼痛，不會有其他危害，可他從沒有相信過。她找著各種藉口，遲遲不肯解除蠱，他認為她必有所圖謀，想用蠱要脅他。她留言給塢呈蠱已解，縱使之後，很久沒有感覺到任何疼痛，可他依舊不相信她真的解了蠱。

因為師父要見她，他以為她是罪王之子，接近他是想利用他的身分、挾恩作亂，他痛下毒手，她卻只是看著他笑，那笑中分明沒有責怪，反而是欣慰，竟然欣慰著他的冷酷。

還有那一次又一次的雪夜對飲……

一樁樁、一件件想來，一切早攤在他眼前，可他那一顆冷酷多疑的心，竟然視而不見。

顓頊看著小六的雙腿，裹著接骨木，又纏了一圈白緞，看上去十分笨拙。

顓頊的手伸向小六的腿，十七以為他又要傷害小六，出手如風，以指為劍，刺向他，十七本以為會逼退顓頊，可沒想到顓頊根本沒有閃避，指風刺中他的手臂，鮮血流下。

顓頊的手搭在小六的腿上，輕聲問：「疼嗎？」

小六扭過了頭，閉著眼睛，「不疼。」

顓頊有千言萬語翻湧在胸腹間，擠得他好像就要炸裂，可是他不敢張口。

三百多年了，他已經不再是鳳凰樹下、推秋千架的男孩。父母雙亡、流落異鄉、寄人籬下，他戴著面具太久，已經不知道該如何真心地喜悅，真心地悲傷，他學會用權謀操縱人心，卻忘記了該如何平實地接近人心；他學會用各種手段達到目的，卻忘記了該如何真實地述說心意。

顓頊站了起來，對十七說：「好好照顧她。」

顓頊走出殿門，在夜色中漫無目的地走著。承恩宮裡花木繁盛，奇花異木比比皆是，晚來風急，吹得花落如雪，清香陣陣，可這海之角的異鄉沒有火紅的鳳凰花，花開時絢爛如朝霞，花落時猶如烈焰飛舞。

十七看到小六一直閉著眼睛。聽到顓頊的腳步聲遠去，小六的眼角有淚珠一顆顆滾落。

十七把小六攬進懷裡。

小六的臉埋在他肩頭，淚落如雨。

三百多年了，她已經不是鳳凰樹下、秋千架上的小姑娘。

她曾在深山裡流浪，與野獸一樣茹毛飲血。她曾被關在籠子裡，猶如貓狗般被飼養。她被人追殺過，她也殺了無數人。她的生命就是謊言、鮮血、死亡，所有人都在欺騙，她不知道該相信誰，不知道該以何種身分站在眾人面前。

一直到深夜，小六和十七休息時，顓頊都沒有回來。

第二日清晨，小六起來時，顓頊已經離開。

傍晚時，顓頊回到華音殿。

小六依舊是老樣子，嘻皮笑臉，和顓頊揮手打招呼。

顓頊除了冷著臉，沒有一絲笑容，對小六很冷淡以外，別的都正常。

顓頊對十七說：「白日裡如果悶，就讓婢女帶你去漪清園，園子裡有寬可划船的河，也有才沒腳面的小溪，奇花異草、飛禽走獸都有，是個解悶的好去處。」

十七說：「好。」

顓頊說：「不要席地而坐。」

十七看小六一眼，回道：「知道了。」

顓頊不再多言，回了自己的屋子，晚飯也是一個人在屋子裡吃的。

醫師說小六的腿最快一個月好，可實際上十來天，小六已經可以拄著拐杖慢慢走了。

醫師非常驚訝於小六的康復速度，他叮囑小六，「腿長好前，要多靜養，現在腿長好了，就要儘量多運動，慢慢地，就會正常行走了。」

小六很聽醫師的話，經常拄著拐杖走來走去。

俊帝並不經常召見小六，三四日才見一次，每次見面話也非常少，「可喜歡飲酒？」「喜歡什麼顏色？」「喜歡什麼花草？」「喜歡……」

可是在華音殿內，他的旨意無處不在，只要小六說過喜歡的，必定會出現。

有一次俊帝問小六「最喜歡什麼」，小六無恥地回答「最喜歡錢，最好每天能躺在錢山上打滾」。第二日，小六起來時，就看到庭院內有一座錢山，不是珠寶，也不是玉石，就是實打實一枚枚的錢，堆積得像山一樣高。

看到這座閃亮閃亮的錢山，小六黑著臉。已經十來日沒有露過笑意的顓頊大笑出來，向來寡言少語的十七也忍不住笑了，對小六誠懇地說：「我還真沒見過這麼多錢。」

聽到顓頊的笑聲，小六扔掉拐杖，撲倒在錢山上，打了幾個滾。

十七笑問：「開心嗎？」

「硌得肉疼。」小六躺在錢山上，嘴硬地說：「不過我至少知道在錢山上打滾是什麼滋味了。」

顓頊和十七都笑。

婢女們進進出出，總要繞著錢山走。小六和十七在院子裡納涼時，不管往哪個角度看，都會看到無數的錢一閃一閃。

某個月光皎潔的夜晚，小六好不容易有一點雅興，想看看月亮，推開窗戶，只見一座錢山巍峨閃亮地佇立著。

在這座錢山面前，不管是美景，還是美人都黯然失色。

小六實在受不了了，對侍者說：「把錢山移走。」

侍者恭敬地回道：「這是陛下的旨意，公子要想把錢山移走，要去求陛下准許。」

下一次，俊帝召見小六時，小六第一次主動和俊帝說了話，「我不喜歡錢山了。」

俊帝面無表情，微微的點了下頭，只有和他很熟悉親近的顓頊才能看出俊帝眼中閃過笑意。

從那之後，每次俊帝問小六的喜好，小六再不敢胡說八道，儘量如實地回答。要不然把不喜歡的東西天天放在眼前手邊，真的很遭罪。

小六的腿漸漸地好了，不再需要雙拐，拄著一根拐杖，稍微借點力就可以，甚至可以扔掉拐杖，慢慢地走一小段路。

小六是個關不住的性子，腿剛俐落了一些，立即不滿足於只在華音殿內行走。她喜歡太陽快落山時，拄著拐杖，在陽光下走，直到走出一身汗，她才會停下。

十七會慢慢地跟在她身旁。

小六繼續她的絮叨：「男人們都喜歡美人無汗，可實際無汗的美人最好不要娶。生活總會充滿亂七八糟的事情，免不了氣悶心煩，不愉快全都堵在了身體裡。如果在明媚的陽光下，好好地快走一圈，美美地出上一通汗，那些堵在身體裡的不愉快就都隨著汗水發洩出來。身體通暢的女人才會心胸開闊，不會斤斤計較。就比如說我，我最近很心煩，可這麼走一通，心情就好了很多。」

十七瞅了小六一眼，微笑著不說話。

忽然間，有鳥鳴從天空中傳來，一隻玄鳥俯衝而下，落在小六身旁，身子前傾，頭往下低，好像在給小六行禮，又好像邀請小六摸牠的頭。

小六一步步後退，拐杖掉落，人走得歪歪扭扭。

十七想去扶她，俊帝和顓頊走過來。俊帝舉起手，一股巨大的力把十七阻攔住，十七看出玄鳥並不想傷害小六，遂沒有反抗，靜靜地看著。

玄鳥看小六不理牠，困惑地歪歪腦袋，一步步地往前走，追著小六過去。

小六越退越快，牠也越走越快，小六跌倒在地上，玄鳥卻以為小六是和牠玩，歡快地鳴了一聲，收攏翅膀，躺在地上打滾，打了幾個滾後，牠又伸長脖子，探著腦袋，湊到小六身邊。

小六盯著牠，不肯碰牠。玄鳥似乎傷心了，悲傷地嗚嗚著，把頭湊到小六手邊，一下下地拱著她，一副小六不安撫牠，牠就要沒完沒了的樣子。

小六終於無可奈何地伸出手，摸了摸牠的頭。

玄鳥撲搧著翅膀，引頸高歌，洋溢的歡樂讓旁觀者都動容。

小六扶著玄鳥的身子，站了起來，「你這傢伙，怎麼吃得這麼肥？」說完，一抬頭才看見俊帝和顓頊。

小六乾笑，指著玄鳥說：「這隻肥鳥和我很投緣，應該是個母的。」

俊帝說：「這隻玄鳥是我為我的大女兒小夭選的坐騎，牠還是顆蛋時，小夭就日日抱著牠睡覺，牠孵出來後，第一個見到的人也是小夭，小夭給牠起名叫圓圓，天天問著幾時才能騎著圓圓飛到天空。我總是回答『等你們長大』，圓圓早已長大，小夭卻至今未回來。」

小六作揖賠罪，「草民不知道這是王姬的坐騎，剛才多有冒犯，還請陛下恕罪。」

俊帝盯了一瞬小六，一言未發地和顓頊離開了。

小六看他們走遠，扶著十七的胳膊坐到石頭上，玄鳥也湊了過來，小六拍開牠，「別煩我，自己玩去。」

玄鳥圓圓委曲地在小六手邊蹭了蹭，展翅飛走了。

小六休息了一會兒，對十七笑道：「回去吧。」

十七把拐杖遞給她，陪著小六回到華音殿。

小六可以扔掉拐杖，慢慢地走了。

她喜歡從華音殿走到漪清園，卻從不進園子，只在園子外的樹蔭下休息一會兒，再從園子慢慢地走回華音殿。

一日，天氣十分炎熱，十七陪著小六走到漪清園，小六滿頭都是汗，臉頰也被晒得紅彤彤。坐在樹蔭下休息時，小六喝了口水，嘆道：「這時若有個冰鎮過的小玉瓜吃就好了。」

十七站了起來，「我看到婢女在冰裡浸了一些瓜果，我去拿一個小玉瓜來。」

小六笑道：「隨口一說而已，待會回去再吃吧。」

「我來回不過一會兒，很快的。」十七飛快地走了。

小六把水壺放到一旁，等著吃小玉瓜。

小六想起了小時候，很喜歡玩水，天熱時常常泡在水裡不肯出來，娘為了哄著她出來，總會端著一盤小玉瓜，在岸上走來走去，邊走邊吃，表明妳再不出來，娘可就全吃完了。她會趕緊爬上岸，跑到娘身邊，張大嘴，等著娘餵她。

一群人緩緩走向園子，小六神思不屬，隨意掃了一眼，看並沒有自己認識的人，依舊不在意地坐著。

當中的一個美麗少女衝過來，怒氣沖沖地瞪著小六，「妳、妳、妳怎麼在這裡？」

小六這才仔細地看少女，五官並不熟悉，可又似曾相識，再看她的衣著打扮，小夭便知道了她是誰。

原來，阿念的真容竟如此美麗，是個不折不扣的美人，小六微笑道：「我、我、我怎麼不能在這裡？」

阿念氣得腦袋疼，「這裡是我家！妳個賤民，當然不能在這裡！來人，把她抓起來！」

海棠和另一個侍女各拽著小六的一條胳膊，把小六提溜了起來。

阿念也不去遊園子了，急匆匆地返回。

小六被兩個侍女抓著，她懶得使力，索性由著她們把她架著走。

進了阿念居住的含章殿，阿念擺出一副官員提審犯人的樣子，喝問小六，「說，妳知不知錯？」

小六不驚不懼，笑嘻嘻地打量四周。

海棠對小六也有很多惱恨，看小六到現在還是一副滿不在乎的樣子，她一腳踹在小六的膝關節上，小六向前撲倒，跪在阿念面前。

阿念居高臨下地看著小六，「哼，妳也終於落在我手裡了！顓頊哥哥說妳救過他一命，那麼我就不要妳的命，但死罪可免，活罪難逃！妳當日、當日……我，我一定要報仇雪恨！」阿念想起小六當日在她背上亂摸，眼淚又湧到了眼眶裡，顓頊幾次問她，她都不好意思告訴顓頊，返回五神山後，阿念才委屈地對娘哭訴了一遍，可娘……只會摟著她，拍她的背。

阿念大叫：「把她的手抬起來。」

兩個侍女抓起了小六的手，阿念看著小六的手，琢磨該使用什麼刑罰。可阿念自小被呵護得太周到，壓根沒見過真正惡毒的酷刑，她所知道的刑罰最嚴重的也就是杖斃，因為顓頊，不能打死小六，阿念只能心不甘情不願地說：「打妳的手！」

海棠拿了一根用萬年烏木做的棍子過來，狠狠地抽下。

小六唇邊掛著一絲笑，還故意出言挑釁，「妳的背又軟又香，就算打斷了手，摸一摸都是值得的。自從上次摸過後，我一直朝思暮想……」

阿念氣得身子簌簌直顫，面色青白，眼淚直往下掉。

高辛民風保守，最重禮儀，俊帝登基後，民風有所開放，禮儀也不再那麼嚴格，可王姬的身體……侍女驚駭地呆住，海棠不敢再讓小六胡說八道，命令一個做粗活的婢女脫下繡鞋，塞到小六嘴裡，「讓妳這張臭嘴再胡說！」

海棠對阿念說：「王姬，這個混帳東西和您有仇，自然要胡說八道來氣您，毀您聲譽，您若當真，可就中了他的詭計。」

幾個侍女都聽出了海棠的警告，也不相信小六靈力這麼低微，能有機會靠近靈力不弱的王姬，忙紛紛勸阿念，一個嘴快的婢女說：「顓頊王子是軒轅的王子，可不是我們高辛的王子，不過是寄居在此，仰仗陛下而活，王姬何必看重他的想法？想殺就殺了，回頭和陛下說明，陛下定不會責怪。」

阿念氣恨已極，下令：「打！先打手，再打嘴，打死了，我負責！」

兩個侍女拿著棍子劈里啪啦地打了起來。

小六嘻笑不出來了，心神全放在婢女剛才的話上。看似隨意的一句話，實際透露的訊息很多。顓頊小小年紀被黃帝送到高辛，都說他是質子，黃帝以此向俊帝承諾，不會進攻高辛。兩百多年來，他從沒有回過軒轅，在眾人眼中，看上去有軒轅王子的名頭，可實際不過是寄人籬下的棄子。

十七拿著冰鎮小玉瓜匆匆返回，卻沒看到小六。他循著蹤跡找了過來，被殿外的侍衛攔住。十七聽到殿內傳來杖擊的聲音，不顧攔阻，想強行往裡衝，卻惹來了更多的侍衛，馬上將他團團圍住。

因為阿念是俊帝唯一的子女，侍衛們都不敢輕視，立即派人去稟告俊帝。阿念的母親，靜安王妃的宮殿距離含章殿不遠，貼身侍女驚慌地給她比劃，說有人襲擊王姬的宮殿，靜安王妃忙趕了過來察看。

她急匆匆地走進殿門，看阿念雖然臉色難看，卻衣衫整潔，顯然沒有受傷。

阿念看到母親，立即擠出了笑臉，一邊打手勢，一邊問：「娘，妳怎麼來了？」

小六一直低著頭，任憑侍女抽打，此時聽到阿念的叫聲，她身子輕輕地顫了一下，想抬頭看，卻又不敢看。這個女人雖不是王后，卻是俊帝唯一的女人，整個天下幾乎沒有人見過她，都只是傳聞俊帝藏嬌，得她一人足矣。

沒有聽到王妃的說話聲，只聽到阿念下令：「住手！」

小六慢慢地抬起頭，看清楚王妃容貌的剎那，心膽俱裂，嘶聲吶喊，「娘、娘……」她嘴裡塞著繡鞋，發出含糊的聲音，雙手拚命向前伸去，瘋狂地掙扎著，想要掙脫侍女的手，抓住那一襲青衫、亭亭玉立著的少婦。

小六雙手血肉模糊，少婦駭然，向後退去。阿念趕緊摟住母親，大叫道：「快拉住這個賤民！」

侍女們怕小六傷到王妃，把小六狠狠地按倒，手腳齊用，牢牢地壓制住她。可小六卻像瘋子一樣，力氣大得出奇，不管不顧地掙扎，要去抓住王妃。

「娘、娘……」小六嘴裡在嗚咽，卻什麼聲音都發不出。

王妃像是看瘋狗一樣，驚懼地看著她，小六淚如雨落，向著王妃伸出手，只是想抓住娘，不讓她再離開，「娘、娘……不要拋棄我……」

她想問清楚，當年為什麼要拋棄我？妳明明答應了要來接我，卻一去不回，難道我做錯了什麼？不管我做錯了什麼，妳告訴我，我都改！只要妳不離開我！難道我真是她們說的孽種，壓根不該活著？娘，妳告訴我，為什麼不要我了？

俊帝和顓頊趕進來時，就是看到小六滿身血汙，被幾個婢女壓倒在地，她一邊用力掙扎，一邊仰著頭，盯著王妃，滿面是淚，伸著雙手，乞求著她不要離開，「娘、娘……」

俊帝的身子劇顫了一下，竟然有些站不穩。

顓頊的腦袋轟一下炸開了，他瘋一般衝過去，推開了所有人，抱住小六，「小夭、小夭，她不是，她不是……姑姑！」

顓頊把她嘴裡的鞋子拔出，捏成了粉碎，小六全身都在哆嗦，抖得如一片枯葉，「娘，她是娘，哥哥，我想問她，為什麼不要我了，是不是因為我不乖？我一定聽話，我會很乖很乖……」

顓頊的頭埋在小六的頸窩，淚一顆顆滑下，「她不是姑姑，姑姑已經戰死了。她是靜安王妃，只是和姑姑長得像。」

小六身子抖如篩糠，發出如狼一般的哭嚎聲，「她說了要來接我，她說了要來接我，我等了她七十多年！她一直沒來，她不要我了！我不怪她，可是我只想問清楚為什麼……」

顓頊緊緊地抱著她，就如小時候，父親戰死、母親自盡後，無數個黑夜裡她緊緊地抱著他。

小六的哭聲漸漸地低了，身子依舊在輕顫，她能感受到哥哥的淚無聲地落在她的衣領內，他依舊和小時一樣，不管多傷心，都不會讓任何人看見。小六雙手顫著，慢慢環住顓頊的背，下死力地摟緊了顓頊。

兩人都不說話，只是彼此抱著，相依相偎、相互支撐。

阿念震驚地看著，她低聲叫：「顓頊哥哥。」

顓頊卻好像化作了石雕，一動不動，頭埋在小六的脖頸上，什麼表情都看不到。

阿念叫：「父王，他、他們……」

父王卻好像一下子又老了百年，疲憊地對母親身旁的侍女吩咐：「先送王姬去王妃的殿內休息。」

侍女躬身行禮，半攙扶半強迫地護送王妃和阿念離開。

阿念茫然又恐懼，隱約中預感到她的世界要不一樣了，可又不明白為什麼，只能頻頻地回頭看向顓頊。

殿內的人很快都離開了，只剩下靜靜站在一旁的俊帝和十七。

很久後，顓頊慢慢抬起了頭，凝視著小六，他的眼眸清亮，看不出絲毫淚意。

那一樁事又成了兩個人的秘密。小六的心直跳，緊張地偏過頭，想迴避開顓頊的目光。

顓頊說：「妳剛才已經叫過哥哥了，現在再抵賴已經沒用。」

小六想笑，沒有笑出來，嘴唇有些哆嗦。顓頊低聲叫：「小夭。」

太久沒有聽到這個名字了，小六有些茫然，更有些畏懼。

顓頊又叫她，「小夭，我是顓頊，妳的表哥，妳要叫我哥哥。」

小六想起了他們幼時初見面的情形，那時娘和舅娘都活著，娘微笑著說「小夭，妳要聽哥哥的話」，舅娘笑意盈盈地說「顓頊，你要讓著妹妹」，他們倆卻和烏眼雞一樣，狠狠地瞪著對方。舅娘自盡了，娘戰死了……只剩下他們了。

小六小聲地說：「哥哥，我回來了。」

顓頊想笑，沒笑出來，嘴唇微微地顫著。

十七這才走上前，低聲道：「小六的手受傷了。」

顓頊忙叫：「藥、傷藥。」

俊帝的貼身侍從早命醫師備好了傷藥，一直在外面靜候著，聽到顓頊叫，立即跑了進來，端盆子的、捧水壺的、拿手巾的、拿藥的，多而不亂，不一會，就給小六的手把藥上好了。

醫師對俊帝奏道：「只是外傷，沒傷到筋骨，過幾日就能好。」

俊帝輕頷了下首，侍從們又悄無聲息地退了出去。

顓頊扶著小六站起，小六低著頭，不肯舉步，顓頊推了她一下，把她推到俊帝面前，自己後退幾步，和十七站到屋簷下。

小六低垂著頭，看著自己的手，不說話。

俊帝先開了口，「妳故意激阿念重責妳，不就是想讓我出現嗎？我來了，妳怎麼不說話了？」

小六故意激怒阿念，讓阿念重重責打她，的確是想讓俊帝來看到一切，小六懷著一種微妙複雜的心思，想看看俊帝的反應，看他究竟會幫誰，甚至她都準備好了嘲笑戲弄一切。可是，靜安王妃的出現打亂了她的計畫。

這個曾經讓小六一想起就傷心得吃不下飯的女人，小六曾想像了無數次她究竟哪裡比娘好，可怎麼想也沒有想到她竟然長得那麼像娘，偏偏又穿了一襲青衣，猛然看去，完全就是娘。那些隱密的憤憤不平和傷心難過都消失不見了，甚至讓她覺得愧疚不安。

小六跪下，至親至近的字眼到了嘴邊，卻艱澀得怎麼都吐不出來，她重重地磕了一下頭，又重重磕了一下頭，再重重磕了一下頭……

俊帝蹲下，扶住了她。

小六咬著唇，依舊沒有辦法叫出來。

俊帝道：「這兩百多年，肯定有各式各樣的人對妳說了各式各樣的話，我原本也有很多話對妳說。妳失蹤後，我一直想著，找到妳後，要和妳說的話。剛開始，是想著給妳講什麼故事哄妳開心；後來，是想如何安慰開導妳；再後來，是想聽妳說話，想知道妳變成了什麼樣子；再到後來，老是想起妳小時候，一聲聲地喚爹爹；最後，我想，只要妳活著，別的都無所謂。小夭……」

俊帝抬手，空中出現了一個水靈凝結成的鷹，鷹朝著小六飛衝而來，突然又變成一隻大老虎，歡快地一蹦一跳。

這是小六小時候最喜歡的遊戲之一，每天快要散朝時，她都會坐在殿門的臺階上，伸長脖子、眼巴巴地等著爹爹，等看到那個疲倦孤獨的白色身影時，她就會跳起來，飛衝下臺階，大叫著爹爹，直直地撲進爹爹懷裡，爹爹會大笑，一手抱起她，一手變幻出各種動物。

小六撲進了俊帝懷中，眼淚簌簌而落。

俊帝摟住女兒，隔著三百年的光陰，她的歡笑變成了眼淚，但他的女兒終究是回來了。小六嗚咽著說：「她們說你……你不要我了，你為什麼不去玉山接我？」

俊帝輕拍著她的背，「當年，我遲遲不去玉山接妳，是因為妳的五個叔叔起兵造反，鬧騰得正厲害，西邊打仗，宮裡暗殺、刺殺、毒殺層出不窮，我怕我一個人照顧不過來，讓妳有個閃失，所以想著讓王母照看妳，等我平息了五王的叛亂後，再去接妳。沒有想到妳會私下玉山，早知如此，我寧可危險點也要把妳帶在身邊。」

小六哽咽著問：「你是我爹嗎？」

俊帝抬起了小六的頭，直視著她的雙眼，斬釘截鐵地說：「我是妳爹！縱使妳不肯叫我爹，我也永遠是妳爹！」

小六終於釋然，又是笑又是哭，忙叫：「爹爹、爹爹。」

俊帝笑了，扶著小六站起，把一方潔白的手帕遞給小六，小六趕緊用帕子把眼淚擦乾淨，可眼眶痠脹，總想落淚，好似要把忍了上百年的眼淚都流乾淨，她只能努力忍著。

顓頊笑咪咪地走了過來，十七跟在他身後。

小六抱歉地看著十七，「我、我……」想解釋，卻又不知道從何開口。

俊帝搖搖頭，道：「他是塗山狐狸家的人，心眼比妳多，就算剛開始沒想到，後來也早猜到妳的身分了。」

小六苦笑，也是，俊帝和顓頊都不是好脾氣的人，能讓他們一再忍讓，整個大荒也不過寥寥幾個人。

十七對俊帝作揖行禮，俊帝問：「塗山璟？」

十七恭敬地回道：「正是晚輩。」

俊帝慢悠悠地說：「我記得你和防風小怪的女兒有婚約，是我記錯了嗎？」

十七額頭冒汗，僵硬地回道：「沒、有。」

「是你沒有婚約，還是我沒有記錯？」

「是、是陛下沒、沒記錯。」

小六看不下去了，低聲叫道：「爹！」

俊帝深深地盯了十七一眼，對小六說：「妳娘以前居住的宮殿，我做了寢宮，妳若想搬回去，讓宮人稍微收拾一下就成，我搬回以前住的宮殿。妳如果喜歡別的宮殿也成，反正這宮裡多的是空著的宮殿。」

「不了，我就住華音殿，正好可以和哥哥說說話。」

顓頊又高興又犯愁，瞟了一眼俊帝，說道：「我當然也想妳和我住一起，可是妳若恢復了女兒身，和我同住一殿，於禮不合。」

「我……」小六想說什麼，可話到了嘴邊，看看俊帝和顓頊，又吞了回去，以後再說吧。

俊帝說：「先住著吧，等昭告天下時，再搬也來得及。」

顓頊欣喜地對俊帝行禮，「謝謝師父。」

俊帝雖然很想多和小六相處，但知道小六需要時間，反正來日方長，他也不著急，藉口還有要緊事情處理，先一步離開了。

等俊帝走了，小六緊繃的身體才鬆懈了下來，她知道他是至親至近的人，也清楚地記得小時候爹爹是多麼疼愛她，可是隔著上百年的光陰，她渴望親近他，卻又尷尬緊張，還有害怕畏懼。

顓頊帶小六和十七回華音殿。十七一路都很沉默。

顓頊讓婢女先服侍小六洗漱換衣，等小六收拾完，晚飯已經準備好。

小六的手有傷，不方便拿筷子吃飯，十七想餵他，剛伸出手，被顓頊搶了先，顓頊說：「這是我妹妹，還輪不到你獻殷勤。」

十七沉默地坐下，也沒生氣，只是有些心事重重的樣子。

顓頊端了碗餵小六，竟然像模像樣，不像是第一次做，小六驚異地問：「你幾時照顧過手受傷的病人？」

顓頊回道：「我曾匿名去軍隊裡當過十年兵，在軍隊裡，可沒人伺候，受了傷，都是隊友們彼此照應。我餵過別人吃飯，別人也餵過我吃飯。」

小六說：「難怪你……你倒是做過的事情不少，也難怪市井氣那麼重。」

顓頊說：「爺爺和師父都說多經歷一些，反正我也沒什麼正經事情，就多多經歷唄！」

吃完飯，漱完口，婢女端來淨手的水。顓頊噗哧笑了出來，把淨手的水拿了過來，遞到小六嘴邊，作勢要灌她喝，「要不要喝了？不夠的話，把我的也讓給妳。」

小六邊躲，邊哈哈大笑，十七也笑了起來。顓頊的手指虛點點小六，「妳呀！真虧得師父能忍！」

隔了三百多年的漫長光陰，可也許因為血緣的奇妙，也許因為都把對方珍藏在心中，兩人之間沒有絲毫隔閡，依舊能毫不顧忌地開玩笑。

天色漸漸黑了，婢女點燃了廊下的宮燈。

三人靠著玉枕，坐在龍鬚席上邊啜酒，邊說著話。

十七一直沉默，小六時不時看十七一眼。

顓頊放下酒樽，說要更衣，進去後卻遲遲未出來，顯然是給小六和十七一個單獨談話的時間。

小六知道即使十七已經猜到她的身分，可猜到和親眼證實是截然不同的，小六也明白十七並不希望她是俊帝的女兒、黃帝的外孫女，就如她也不希望他是四世家塗山氏的公子。可是，人唯獨不能選擇的就是自己的出身。

小六對十七說：「你要有什麼話想問就問，有什麼話想說就說。」

十七低聲道：「其實，我知道不管妳是誰，妳都是妳，可有些事情畢竟越來越複雜了。」

小六挑眉，睨著十七，「怎麼？你怕了？」

十七微微笑著，「我一直都怕，有了念想自然會生憂慮、有了喜愛自然會生恐懼，如果不怕倒不正常。」

暈黃燈光下的十七溫暖、清透、平和，小六的心也溫暖。小六笑嗔，「聽不懂你說什麼。」

十七把玩著酒樽笑，「以後，我該叫妳什麼名字？什麼時候能看到妳的真容？」

「我的父親是俊帝，母親是黃帝的女兒軒轅王姬，我的大名是高辛玖瑤，因為額上有一朵桃花胎記，爹和娘也叫我小夭，取桃之夭夭，生機繁盛的意思。現在，你還是叫我小六吧！」

小六只回答了十七的第一個問題，十七等了好一陣，她都沒有回答第二個問題。

顓頊走了出來，站在廊下說：「小夭，現在這個殿內只有我們三人，我想看妳的真容。」

小夭向後躺倒，頭搭在枕上，凝望著天空。半晌後，她才說：「這些過去的事情我只講一遍，如果日後父王和外祖父問起來，哥哥你去告訴他們吧！」

顓頊坐到她身旁，「好！」

小六的聲音幽幽地響起，「在軒轅黃帝和神農蚩尤的大決戰中，娘戰死。娘在領兵出征前，把我寄養在玉山王母身邊，我想回家，可我等了一年又一年，父王一直沒有來接我回家，那時的我很不懂事，因為王母不喜歡說話，從不笑，每天都嚴厲地督促我練功，我十分憎惡她。

有一次父王派遣侍女去給我送禮物，我就藏在侍女的車子底下，隨著車子悄悄下了玉山。本來我是打算跟隨侍女回到五神山，嚇父王一大跳，我想親口問父王為什麼不接我回家，我還想讓他親口告訴我娘沒有死。

在路上，兩個侍女竊竊私語，議論著我。她們說了很多娘和我的壞話，說我是孽種，嘲笑我不知好歹，竟然還敢鬧著要回五神山，說父王永不會接我回去，沒有殺死我已經是大發仁慈。那時我才知道我娘竟然自休於父王，她已不再是父王的妻子！」

小六的呼吸聲變得沉重，顓頊和十七都可以想像到，為了避長者諱，小六說出的話肯定只是侍女說過的一小部分，他們都難以想像當年幼小的小夭躲在車底下聽到這一切時，該是多麼的驚駭絕望！

小六說：「我記不得當時是怎麼想的，傷心、失望、憤怒、不相信、恨我娘、恨父王……反正我腦袋暈沉沉的。趁著侍女休息時，我悄悄離開了。我也不知道想去哪裡，只是覺得我不能回五神山了。可那是我唯一的家，我不知道該去哪裡。我朝冀州的方向走去，因為聽說我娘就戰死在冀州，我不知道我想做什麼。我暈暈沉沉地走著。

小時候的我大概長得還算可愛，一路上的人看到我都會給我吃的，他們給我什麼我就吃什麼。有個伯伯請我坐車，他說會帶我去冀州，我就坐了。他帶我去了他的山莊，一直對我很好，給我講故事，很耐心地逗我笑，那時我都覺得，反正父王不要我了，我找他做我爹也是很好的。

有一天，他對我動手動腳，還脫我的衣服，我雖然不明白，可王母曾說過女孩子的衣服不能隨便脫，我不樂意，想推開他，他打了我，我失手殺了他。那時，我才……」小六抬起手比畫了一個人族八歲女孩的高度，「大概這麼高。原來一個人可以有那麼多血，我的衣服都被他的血浸透了。」

顓頊這才明白為什麼師父當年找不到小夭，小夭居然被個人族的土財主藏到了山中的莊子裡。

小夭覺得身子發涼，卻不願動彈，只蜷了蜷身子，仍繼續講著過去的事。十七把毯子打開，輕輕蓋在她身上。他想坐回去，小六卻拽住他的衣袖，十七坐在了她身畔。

「父王和外公昭告天下尋找我，很多人開始四處找我，有的人抓我是為了去和兩位陛下換賞賜；有的人卻是想殺我，我親眼看到一個和我一般高矮的小女孩被殺死了；還有妖怪找我，是想吃了我，傳言說我一出生就用聖地湯谷的水洗澡，又在玉山住了七十多年，那是大荒靈氣最充盈的聖地，王母雖然嚴厲，卻很慷慨，蟠桃玉髓亂七八糟的寶貝是隨我吃，妖怪們說吃了我就能靈力大進。

我不敢去冀州了，每天都在逃，可想抓我的人越來越多。有一次我躲在一群乞丐中，抓我的人把我們圈了起來，我害怕得要死，想著如果我能變個樣子，如果我滿臉都是麻子、眼睛歪一點、鼻子塌一點、額頭上沒有胎記，他們就不會認出我。他們一個個查看孩子，查到我時，我以為肯定要死了，但是他們抬起我的頭，仔細看我兩眼，就放我離開了。

我不明白，但高興壞了，到河邊洗手時，才發現自己的容貌變化了，竟然變得和我剛才想的一模一樣。經過一次次嘗試，我發現自己不僅能變化容貌，還能變化性別，有了這個本事之後，我就很少遇到危險了。」

顓頊滿心的疑惑，卻沒有發問，只是聽著。

小六凝望著天空，繼續平靜地講述，「剛開始我好興奮啊，過幾天就換一個容貌，就這樣過去一年多，找我的人漸漸少了，我安全了。我用著各種臉，在大荒內流浪。有一天，我照鏡子時，突然發現我忘記自己真實的容貌，我拚命地回想，拚命地想變回去，卻怎麼看都不對。剛開始我還不緊張，因為我知道幻形術再變也不可能損壞真實的容貌，我設法四處學習幻形術，這才發現世間竟然沒有一種幻形術是我這樣的，無論我如何嘗試，都再找不回自己的臉了。」

小六閉上了眼睛，「那段日子真像是一場噩夢，我的臉幾乎隨時隨地都會變，比如我走在街上，迎面過來一個女子，眼睛生得很好看，我心裡剛動念，我的眼睛就會變成她那樣。我害怕，想變回去，可上一雙眼睛也是我變的，我根本不能完全變回去。

我每天都十分緊張，可越緊張越會想，晚上常常夢見各種面孔，以至於在夢中也會變化。每天早上起來，都是一張嶄新的臉，晚上臨睡前又是一張嶄新的臉，第二天又是一張臉，晚上又是一張臉……無時無刻不在變化，每一張臉都是假的，我不敢照鏡子，不敢見人。

有一次我躲在飯館的角落裡吃飯時，聽到一個小女孩叫外婆，突然想起了外婆臨死前的容貌，我的臉開始變化，有人看見了這一幕，他們尖叫，我衝出了飯館，再不敢看任何人。我跑啊跑啊、不停歇地跑，跑進了深山，我躲在山裡，不見任何人，沒有鏡子，即使到河邊洗臉時，我也閉著眼睛，再不看自己，那麼不管自己的臉變成什麼樣，都和我沒關係，我可以假裝什麼都沒有發生，我仍然是我。」

顓頊和十七都面色沉重，他們都設想過小夭有過很不愉快的經歷，可怎麼想都想不到，小夭居然沒有了臉。細細想去，兩個已經歷過世間殘酷的人竟然都會感到不寒而慄，世人都羨慕神族有靈力能隨意變幻，可原來當失去了「真實的自己」，一切只會是最恐怖的噩夢。

「我像野獸一般生活著，拜王母的嚴格督促所賜，我的修為還是不錯，一般的凶禽猛獸都不是我的對手，在山裡生活也算自在，可沒有人和我說話，我真的很寂寞，但我也不敢出去，只能自己和自己說。

後來，我和一隻還未修成人形的蛇妖說，可牠不搭理我，我為了留下牠，偷了牠的蛋，逗得牠整天追殺我，我就邊跑邊和牠說話。蛇妖雖然聽得懂我說話，但是牠不會說啊，我就替牠說，自己一問一答，我話多的毛病就是那個時候落下的。就這樣一日日，又一年年，我也不知道過了多久，山中日月沒有長短，後來我才知道已經二十多年了。」

顓頊緊緊地握住了小夭的手，好似想給那個孤獨恐懼的女孩一點陪伴，他聲音暗啞地問：「妳的容貌如何固定下來的？」

「有一天，我碰到了一個男人，他很坦率地告訴我他是妖怪，受了重傷，在尋一些療傷的藥草，他和我說話，我就也和他說話。剛開始我戒心很重，都是坐得遠遠地和他說話，說幾句就跑了。但過了很久，我故意試探了他好幾次，他都沒有流露出任何企圖，我就和他說得多一點。他不怕我的臉變來變去，他甚至也變，我變他也變，我們比賽誰能變化出的臉多，比著比著，相對看著哈哈大笑。

在他面前，我覺得自己不是怪物，也不可怕。漸漸地，我相信了他。一個晚上，他捉住了我，想帶我走，那個一直想殺我的蛇妖生氣了，出來攔阻他，被他殺了。他帶著我去了更南方的地方，那裡的山又高又險，在一個隱密的洞窟裡，有他的巢穴，他建造了一個籠子，把我關起來。他說他是九尾狐妖，百年前被我母親的……朋友斬斷了一條尾巴，元氣大傷，修為大退。我體質特異，再好好飼養幾十年，就是最好的靈藥。」

顓頊的臉色變了，掏出貼身戴著的玉香囊，拽出一截毛茸茸的白色狐狸尾巴，「是他的嗎？」

小六點點頭，顓頊想毀掉白狐狸尾巴，小六一把奪了過去，一邊在手腕上繞著玩，一邊說：「死狐狸十分恨我娘，不僅僅是因為我娘的……朋友傷了他，還因為我娘殺了我的九舅舅。他和九舅舅是至交好友，每次他一想起九舅舅，就會用最惡毒的語言咒罵娘，可娘已經死了，他只能折磨我。我被他飼養了三十年，折磨了三十年。

一個晚上，他說再過兩天的月圓之夜就可以吃我，他唱著悲傷的歌謠喝醉了，籠子沒完全鎖好，我又已經研究了三十年如何逃跑，已會開鎖，我從籠子裡跑出來，悄悄地給他的酒裡下了藥，然後又溜回籠子裡，把自己鎖好。

他沒有發現任何異樣，第二日我怕他不喝酒，故意在他面前提起九舅舅，他打了我一頓，又開始喝酒，那是我從他餵給我的各式各樣古怪東西中一點點收集材料，花費十幾年才配置而成的毒藥。他倒在地上，變回狐狸原形。我從籠子裡鑽出去，他睜著眼睛，看著我，我拿起刀開始一根根地剁他的尾巴，每根尾巴剁完，還拿給他看。他的狐狸嘴邊全是血，眼中卻是終於解脫的釋然，他閉上了眼睛。我點了把火，把整個洞窟都燒掉了。」

小六拿起狐狸尾巴，在眼前晃悠，「三十年，他把我關在籠子裡，辱罵折磨我，還把我在玉山辛苦修煉的靈力全部散去，讓我幾成廢人，可是他也教會了我很多東西。那座山裡，只有我們兩個人，他不發瘋時，給我講幻形術，他明白我的恐懼，送了我稀世難求的寶物，一面用狌狌精魂鑄造的鏡子，可以記憶過往的事情。他讓我用鏡子記錄住自己的容貌，這樣縱使第二日有了偏差，也可以看著鏡子變回去，慢慢地，我學會了固定住自己的容貌。

他偶爾帶我出去時，會教我如何辨認植物，講述他曾殺過的各種妖怪，告訴我各種妖怪的弱點。最終，我殺了他，他的八條尾巴被我一一斬斷，我和他的恩怨已經一筆勾銷。我早就不恨他了，這條尾巴就留著吧！」

小六把狐狸尾巴遞給顓頊，「九尾狐可是和鳳凰一樣珍稀的神獸，我能隨意變幻，這條九尾狐的尾巴對我沒用，你留著，日後煉製一下，就能助你變幻，識破障術。」

顓頊憎惡地扔到地上，「我不要。」

小六想顓頊正在氣頭上，等將來他氣消了再說吧！她對十七指指地上，十七撿起狐尾，將它收了起來。

小六對十七說：「那夜在客棧裡，你說讓你看一眼我的真容，我拒絕了，並不是因為我打算拋下你，方便徹底消失，而是我根本沒有辦法給你看。那隻狐尾人偶嘲諷的很對，我自己都不知道自己長什麼樣子，她自然無法變幻了。」

顓頊惱怒下，連有九尾神狐血脈的十七也連帶著厭惡上了，沒好氣地說：「都說九尾狐最善於變幻，你說說小夭這究竟是什麼毛病，哪裡有幻形術恢復不了真容的？」

十七心裡想，只怕小夭小時候的容貌就是假的，如果她從一出生就是假的容貌，俊帝或者軒轅王姬必定用了大神通，或者藉助某件神器，才能讓完全沒有靈氣的嬰兒有假容貌，還不被任何人識破，可是為什麼呢？異常舉動背後必定有秘密，他們應該是想保護小夭。

十七慢慢地說：「我也不知道，應該去問俊帝陛下，也許他知道。」

顓頊鬱悶地對小六說：「我看不到妳長什麼模樣，總覺得妳還是藏在一個殼子裡，讓我害怕打開殼子後，妳又跑掉了。」

小六逗他玩，「你想要我長什麼模樣？我變給你啊，你想要什麼樣的妹妹就有什麼樣的妹妹。」

顓頊簡直氣絕，舉起拳頭，「妳是不是又想打架了？」

小六擺手，「我現在可打不過你。」小六得意地笑著，對十七說：「他小時候打架打不過我的。」

顓頊想起她的一身修為被強行廢掉，不僅僅要承受散功時的噬骨劇痛，以後也不可能再修煉出高深的靈力，只覺剛才聽小夭講述時被強壓下的傷慟憤怒全湧出來，再裝不了正常，他猛地站起來，匆匆地走向屋子，「我休息了。」

小六看著他的背影，喃喃說：「都過去了，都已經過去了。」

小六站了起來，對十七說：「我也去休息了。」

十七對小六說：「別擔心，會找回妳真實的容貌。」

小六笑了笑，他們都想知道她長什麼模樣，可其實這世上，最想知道她長什麼模樣的人就是她自己。

長相思（卷一）完

長相思
卷一 孤月下，許君心

茶蘼坊28

作　　者 桐　華

野人文化股份有限公司

社　　長　張瑩瑩
總 編 輯　蔡麗真
責任編輯　楊玲宜、蔡麗真
校　　對　仙境工作室
美術設計　洪素貞
封面設計　周家瑤
行銷經理　林麗紅
行銷企畫　李映柔、蔡逸萱

出　　版　野人文化股份有限公司
發　　行　遠足文化事業股份有限公司（讀書共和國出版集團）
地址：231新北市新店區民權路108-2號9樓
電話：（02）2218-1417　傳真：（02）8667-1065
電子信箱：service@bookrep.com.tw
網址：www.bookrep.com.tw
郵撥帳號：19504465遠足文化事業股份有限公司
客服專線：0800-221-029
法律顧問　華洋法律事務所 蘇文生律師
印　　製　成陽印刷股份有限公司
初　　版　2013年6月
二版 1 刷　2023年8月

國家圖書館出版品預行編目資料

長相思. 卷一, 孤月下,許君心/桐華著. -- 二版. -- 新北市 : 野人文化股份有限公司出版 : 遠足文化事業股份有限公司發行, 2023.08
面； 公分. -- (茶蘼坊 ; 28)

ISBN 978-986-384-923-0(平裝)

857.7　　112013706

ISBN 978-986-384-923-0 (平裝)
ISBN 978-986-384-907-0 (EPUB)
ISBN 978-986-384-906-3 (PDF)

姓　名　　　　　　　　　　　　□女 □男　年齡

地　址

電　話 公　　　　　　宅　　　　　　手機

Email

學　歷 □國中(含以下) □高中職　□大專　□研究所以上
職　業 □生產/製造　□金融/商業　□傳播/廣告　□軍警/公務員
□教育/文化　□旅遊/運輸　□醫療/保健　□仲介/服務
□學生　□自由/家管　□其他

◆你從何處知道此書？
□書店　□書訊　□書評　□報紙　□廣播　□電視　□網路
□廣告 DM　□親友介紹　□其他

◆你以何種方式購買本書？
□誠品書店　□誠品網路書店　□金石堂書店　□金石堂網路書店
□博客來網路書店　□其他 ____________

◆你的閱讀習慣：
□百科　□生態　□文學　□藝術　□社會科學　□地理地圖
□民俗采風　□休閒生活　□圖鑑　□歷史　□建築　□傳記
□自然科學　□戲劇舞蹈　□宗教哲學　□其他

◆你對本書的評價：（請填代號，1. 非常滿意　2. 滿意　3. 尚可　4. 待改進）
書名 _____ 封面設計 _____ 版面編排 _____ 印刷 _____ 內容 _____
整體評價 _____

◆你對本書的建議：

廣 告 回 函
板橋郵政管理局登記證
板 橋 廣 字 第 143 號

郵資已付 免貼郵票

野人

23141
新北市新店區民權路108-2號9樓
野人文化股份有限公司 收

請沿線撕下對折寄回

野人

書號：0NRR4028